启真馆 出品

应奇 著

古典·革命·风月
北美访书记

ZHEJIANG UNIVERSITY PRESS
浙江大学出版社

图书在版编目（CIP）数据

古典 革命 风月：北美访书记／应奇著．－－杭州：浙江大学出版社，2013.2
ISBN 978-7-308-11149-2

Ⅰ.①古… Ⅱ.①应… Ⅲ.①随笔－作品集－中国－当代 Ⅳ.①I267.1

中国版本图书馆 CIP 数据核字（2013）第 025932 号

古典 革命 风月：北美访书记
应奇 著

责任编辑	杨苏晓
装帧设计	丁　丁
出版发行	浙江大学出版社
	（杭州天目山路 148 号　邮政编码 310007）
	（网址：http://www.zjupress.com）
制　作	北京百川东汇文化传播有限公司
印　刷	北京中科印刷有限公司
开　本	880mm×1230mm　1/32
印　张	7.75
字　数	143 千
版 印 次	2013 年 4 月第 1 版　2013 年 4 月第 1 次印刷
书　号	ISBN 978-7-308-11149-2
定　价	38.00 元

目录

"政治科学"之"家园"
——北美访书记（上）

记忆、遗忘和再回忆属于人类的历史构成，而且本身就构成了人类的一段历史和一种教化。

——伽达默尔

2007 年 9 月至 2008 年 5 月，我应普林斯顿大学人类价值中心菲利普·佩蒂特（Philip Pettit）教授之邀在该中心访问；对于我这样年届不惑才第一次"远渡重洋"的"老童生"，"洗心革面"、"脱胎换骨"诚然是不可能的了，不过拜"路径依赖"之所赐，就"足力"和"财力"所及四处访书却也一定是我这样的"老书痴"必不可少的行程。殚精竭虑，日积月累，书的册数虽不甚夥，但敝帚自珍，自己也觉得——特别是在"种类"和"品质"上——颇为可观了，于是在我访学后半段客居的新泽西名为 Edison 的小镇上不惜"血本"找"民营"快运公司，如数运送回家；返国后重新回到祖国火热生活之"洪流"中，一切照旧，自然也就把"旧书"束之高阁了。近日得暇理书，清点陈货，发现当年所收种种竟亦多与我"往昔"之专业"政治理论"有关，于是想到不妨按所访之书的不同议题，亦书亦人，亦记亦议，把我对于相关主题之"所见所闻所思所想"作一番"串讲"，或者于"政治科学"之初学者不无裨益，亦以应我忝为学术委员的《政治思想史》杂志编辑部之所请云尔。

2011 年 2 月 16 日记

"政治科学"之"家园"

 西方政治思想史是我登上大学讲坛后讲授的第一门课。不用说，哪怕只是为了授课之需，我对于政治思想史的编纂学至少也还是下过一番"功夫"的。据说，"政治科学作为一门独立的专业学科是在1903年形成的"，而被视为现代政治科学之父的查尔斯·梅里亚姆（Charles E. Merriam）是在20世纪20年代"作为政治学理论发展的最有影响的代表人物出现在学术舞台上的"（《布莱克维尔政治学百科全书》"政治理论与政治科学"条目）。但是，不管按照哪种谱系，纽约特别是哥伦比亚大学之作为后来蔚为大宗和主流的美国政治科学之"家园"的地位几乎是无法动摇的。这不仅因为梅里亚姆本人就是在威廉·邓宁（William A. Dunning）的指导下于1900年在哥伦比亚大学取得博士学位，而且，从美国政治科学形成和发展的实际看，政治思想史一开始就是政治理论的母体，且政治理论的历史方法与科学方法亦曾并行不悖多年。不无巧合的是，于现代中国政治学有筚路蓝缕之功的，曾是"中华人民共和国"这一国号的"设计者"，又曾经用"好大喜功，急功近利，否定过去，迷信将来"这十六字评价毛泽东的张奚若先生就是1920年从哥大取得硕士学位的，而后来转向逻辑学的金岳霖先生也是在同一年从哥大取得政治学博士学位，他的其中一位论文指导教师就是邓宁。

正是在纽约的 Strand，我所淘到的邓宁的《政治理论史：古代和中世纪》、萨拜因的《政治学说史》、卡特林（George Catlin）的《政治哲学家的故事》以及施特劳斯和克罗波西的《政治哲学史》几乎完整地构成了一个政治理论史研究的谱系。不过在谈到这些人物之前，我必须先谈的却是约翰·伯吉斯（John W. Burgees）。这位被誉为"创榛辟莽"、"为王先驱"的美国政治学家，早年在德国受业于德洛伊森、罗雪尔和蒙森诸大师，深受德国大学研究方法之影响，在加入哥大之后，他致力于在美国的学院建制中系统地引入这些方法，并在哥大指导创办了政治科学系和《政治科学季刊》，并使该系成为在美国最早授予"哲学博士"学位的机构。后来的史家用"德国手段通达美国目标"（German Means to American Ends）来形容伯吉斯那一辈政治学家的工作，并认为伯吉斯本人是一个"保守的自由派"。从某种意义上说，这种取向完全可以从我在 Strand 得到的他的一部即使在他生前似乎也并不十分流行的著作的书名中看出来，这部 1915 年由纽约 Charles Scribner's Sons 出版的著作名为 *The Reconciliation of Government with Liberty*。其时伯吉斯已经从哥大退休，书的扉页上所标明的他的头衔是"前哥伦比亚大学政治系与宪法学教授，政治学、哲学和纯粹科学系主任"。这本书给人印象最为深刻的是它的"序言"只有短短的十几行字，而其中的每一行字都会使人想起"保守的自由派"的"鼻祖"大卫·休谟的那句著名箴言——"在所有政府内部，始终存在着权威与自由之间的斗争，有时是公开的，有时是隐蔽的。两者之中，从无一方能在争斗中占据绝对上风。在每个政府中，自由都必须作出重大牺牲，然而那限制自由的权威决不能，而且也许也不应在任何政制中成为全面专制，不受控制……必须承认自由乃文明社会之尽善化，但仍必须承认权威乃其生存之必需"——而我们也不妨把伯吉斯的这个"序言"照录如下：

It has been the search of the ages to find a political system, the travail of the ages to construct one, in which Government and Liberty shall be reconciled, in which each of these all-comprehending means of civilization shall strengthen the other and in which finally each shall be the fulfillment of the other. Down to the present moment this millennial equilibrium has not been fully attained and mankind always has been, and still is, in danger of diverging from the true path which leads to it, towards despotism on the one side or anarchy on the other. The only protection against these dangers is a correct and profound appreciation of the historical development of the state. Such a study is, however, so exacting, not to say exhausting, that it must be made for the mass of men as brief and concise as possible.

　　像在许多人那里的情形一样，商务版褐皮的萨拜因《政治学说史》乃是我进入政治思想史这个领域的"启蒙"读物，记得上卷的大部分以及下卷的有些章节，例如关于哲学激进主义和修正派的自由主义两章。特别是小密尔的部分，我还曾读过多遍，记得中间有这样的妙句："密尔对暴虐而气量狭窄的舆论的担心，部分是由于认识到早期自由主义基于个人主义的理论是不当的……同他父辈的远大希望相比，他的思想带有从幻想中觉醒的特征，也许还部分地反映了一个敏感清高而才智过人的个性同实际政治所含的平庸接触之后表现的退缩情绪，也许它还表明只说了一半的担心，即社会的民主化同个人的个性可能证明是不相容的"。因此当我在 Strand 见到这本书的墨绿封面精装本时，那种"他乡遇故知"的喜悦心情是可想而知的，虽然如果考虑到这是一本风行数十年的大学教材，便会知道在纽约遇到这本书一定是最稀松平常的事儿。我的这个本子是 1945 年印刷的，考虑到这个特殊的年份，以及萨拜因做政治思想史研究的"价值取向"，我们不能不说这大概并非只是一种仅有象征意义的巧合。不过我在这里注意到的另一个细节倒是，这书是作为爱德华·考文（Edward S. Corwin）编辑的

爱因斯坦　此像位于他生前居住的 Mercer 街和普林斯顿 Nassau 街交汇处

"美国政治科学系列"的一种而出版的，我看了下这套书的目录，恕我直言，大概也就是萨拜因的这本成了"不朽的"经典之作。有意思的是，直到我站在普大政治系所在的考文楼（Corwin Hall）时，我才想起这位考文先生就是三联书店曾出过的《美国宪法的高级法背景》一书的作者，当时是普林斯顿的教授。

我在政治思想史领域的另一本"入门"书乃是纽约州立大学老牌政治学家约翰·冈内尔（John G. Gunnell）的那本名为《政治理论：传统与阐释》的小册子，除了关于邓宁的详细介绍，我还第一次从中知道了卡特林、施特劳斯和沃格林等人的名字。现在经常有人追忆是哪一本书首先向国人引进了施特劳斯，这中间被提及较多的自然是我也曾从中获益匪浅的《现代政治思想》，而且古尔德和瑟斯比编的这本书的商务中译本确实要比《政治理论：传统与阐释》早出三年多，但就把施特劳斯和沃格林置入政治理论史编撰学的语境讨论而言，恐怕到现在都还没有能够完全取代《政治理论：传统与阐释》的，只不过这个中译本确是有些"时运不济"，连我也是在当年的杭州古旧书店淘到这本小册子的！

颇具"传奇"色彩的是，在上述两本书中均有介绍的卡特林先生的《政治哲学家的故事》竟也在 Strand 静静地等着我的光顾。这位卡特林勋爵还是位政治活动家，他著作等身，在从事专门性的学术研究的同时，还像杜兰和房龙那样写了不少"通俗读物"，例如《行动指南》（*Preface to Action*）和《盎格鲁－撒克逊及其传统》，实在堪为政治哲学和政治思想从业者之楷模。最有趣的是，这本长达 802 页的介于专门和通俗之间的大部头著作的封二上乃是我们的"至圣先师"孔夫子的"行教像"，吴道子的画像右上角的两行字是"德侔天地道冠古今，删

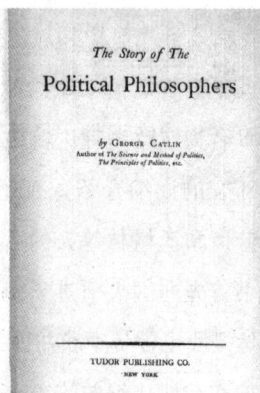

《政治哲学家的故事》卡特林（Tudor Publishing）

述六经垂宪万世"！同时，我们还从长期在学界享有盛誉的《中国政治思想史》的作者萧公权先生的《问学谏往录》看到，萧先生在康奈尔时就曾经师从这位卡特林先生，而萧先生是因他的硕士课程老师、其时还在密苏里大学任教的萨拜因（萧氏译作佘宾）的推荐来到"绮色佳"[1] 的，他在康奈尔的"主任导师"就是民国时非常流行的《西方哲学史》的作者梯利，回忆录中详细记录了他与卡特林先生和梯利教授的交往。

还有一本必须提及的书是伦敦经济学院已故的伯纳德·克里克（Sir Bernard Crick）的《美国政治科学：起源和境遇》。我最初知道这位作者的大名大概还是通过读钱永祥先生对他的《为政治辩护》的引证，而且我居然曾在杭州的枫林晚书店淘到这本书。是 1962 年出版，两年后出修订版，此后重印近十次，我得到的是 1982 年企鹅的本子。这部《美国政治科学：起源和境遇》其实也完全不是"明日黄花"，仍然是一本非常有趣的智识史读物，它实际上是克里克 1956 年向伦敦大学院提交的博士论文的缩写和修正版，是作者在伯克利加州大学访问一年期间最后完成的。我读过这本书的前言和零散的若干章节，除了前言中引用的缪达尔（Gunnar Myrdal）似乎是呼应托克维尔而说的那句"美国是保守的，但是被保守的原则是自由（派）的"，就要数克里克引用作为题铭

---

[1] 美国纽约州伊萨卡城的旧式译法，即康奈尔大学所在地。

的叶芝的那句诗给我印象最深刻了：

Locke sank into a swoon;

The Garden died;

God took the spinning-jenny

Out of his side.[1]

最后告诉诸位一个"好消息"，施特劳斯和克罗波西的《政治哲学史》还在不断地出版平装增订版，只不过我觉得这样的书出 Paperback（平装版）是"不相宜"的，甚至是"时代错乱的"。例如我就是在 Strand 花 20 美元买了一本 1963 年初版的黑皮精装本，当时还特别注意了一下版权页，可惜也只是 1964 年的第二次印刷本！于是就想起了一则"故事"，以赛亚·伯林对中文政治哲学讨论的影响现如今确实已是相当"式微"了，我依稀记得在伯林遭到的"抨击"中，有一种说法是认为伯林太"浅薄"了，也太"流行"（popular）了。2008 年 4 月底的一天，我结束了在布法罗的观光活动，准备坐火车到阿尔巴尼看我以前的两位学生，一位著名的华裔希腊哲学学者送我到布法罗火车站，距离发车还有些时间，我

---

[1] 叶芝的中文译者傅浩教授将之译为："洛克晕倒过去 / 乐园死去 / 上帝从他的肋下 / 取出珍妮纺纱机"（《断章》，《叶芝诗集》，河北教育出版社，2003，513 页），并在译注中引用诗人的日记："笛卡尔、洛克和牛顿拿走了世界，而把它的粪便给了我们。"

们坐在紧挨车站的一间咖啡室中聊天。话题从伯纳德·威廉斯的《羞耻与必然性》和纽斯邦的《善的脆弱性》转到了施特劳斯在中西"古典学界"的影响，在"恭维"完纽斯邦的古典学素养后，这位刚刚荣升正教授的学风谨严的学者突然冒了句："你在这里逛书店就会发现，施特劳斯的东西其实是很 popular 的！"

古典之重温

记得邓宁曾经在《政治理论史：古代和中世纪》开篇即指出，希腊人已经"探索了人类政治能力的所有方面，并总结出在任何时代任何情况下都决定着政治生活之一般特征的规律"；在他的《政治理论史》第三卷《从卢梭到斯宾塞》中又继续说，希腊人关于政治权威的思想包括了"实际上一切已经提出的答案"。从这个角度说，从事政治哲学和政治理论而不关注以希腊人为主要代表的古典思想，就将不但是一种"事实性"错误，而且将是一种"语法性"错误。

十分遗憾的是，我对政治哲学和政治理论的关注确实主要限于当代英语世界的范围。即使就我的老本行"哲学"而言，我对希腊哲学也并没有下过过硬的工夫，我学习希腊哲学的最高程度也就是啃啃陈康先生译注的《巴曼尼德斯篇》。记得当初跟随俞宣孟先生上课念这部本书时，还曾从图书馆借出康福德那本著名的《柏拉图和巴门尼德》，但终究未能登堂入室，以至于见人未免"气短三分"。但不管怎么样，从一个纯粹"业余"的角度，对古典思想以及这方面的研究也依然是在自己力所能及的范围内给予关注，虽然是连"票友"都够不上的但仍然可以说是"真诚"的关注。

耶格尔（Werner Jaeger）的《潘迪亚：希腊文化的理想》和塔恩（W. W. Tarn）的《希腊化文明》是我的老师范明生先生 20 年前为我们上课时经常提及的两种书，也是研究希腊和希腊化时代的历史、文化和文明需要参考的基本著作。记得我是在哈佛附近的一家旧书店见到耶格尔的这套三卷本著作的，纽约泡 Strand 的经验告诉我这是一个合适的"性价比"，不过他的另外一个索价较昂贵的论文集我犹豫再三还是放弃了。当我第二天来到波士顿市里一家小教堂附近的位于地下的旧书店时，我的直觉得到了印证，因为同样一套潘迪亚品相差不多，价格却是上去了不少。不过我还是在那里同时要了塔恩的《希腊化文明》和布克哈特的《君士坦丁大帝时代》，但却遗憾地错过了欧内斯特·巴克评注的精装本的亚氏《政治学》，而这只是因为我在来波士顿前一天在纽约哥大附近一个流动的小书摊上用 3 美元得了此书的简易平装本！

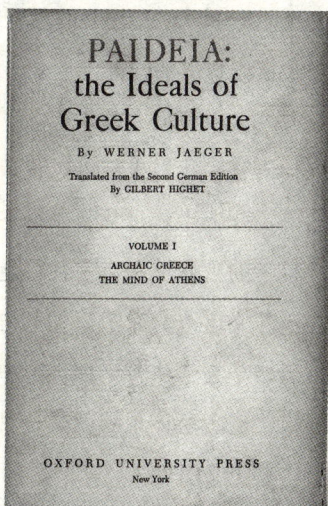

《潘迪亚》耶格尔（Oxford）

Paideia（潘迪亚）这个词，现在大多采取音译，但这并不能真正回避这种译法想要回避的诠释上的难题；而且说到底，这并不是只对中文翻译构成难题，而是在耶格尔那里本身就是一个头号难题。作为被誉为"最伟大的希腊研究专家"维拉莫威兹（Wilamowitz-Moellendorff）的得意弟子及其在柏林大学教席的继任者，耶格尔还以倡导"第三波人文主义"著称于世。既然"第三波人文主义"是相对于第一波即文艺复兴以及特别是第二波亦即德国的新古典主义而提出来，并试图"为衰退的二十世纪早期欧洲复活其古典希腊源头的价值"，那么对于耶格尔而言，其中一个潜在的焦点就在于说明他所使用的集希腊"文化"义项和"教育"义项于一体的 Paideia 这个词与伽达默尔所谓人文主义之四个"主导概念"中的"教化"（Bildung，另外三个概念分别是"共通感"、"判断力"和"趣味"）之间的关联。事实上，也正是 Paideia 与 Bildung 之间过于紧密的联系使耶格尔的工作遭到了某些古典学家的诟病并引起了广泛的争议。我们完全没有能力介入古典学界内部的争论，但如果换一种语言，我们也许可以说，这一争论中所涉及的观念之争实际上也就是从新康德主义以来一直都是焦点的精神科学的独立性和自主性问题，而对这一争论的伦理和政治含义迄今为止最好的刻画，我们仍然不得不说，是由黑格尔在《法哲学原理》中作出的。例如他的"伦理国家"概念所体现的就是一种想要把包括他在内的德国新古典主义引以为"家园"的希腊人的 Paideia 概念与更具有德国人文主义特色的 Bildung 概念——用伽达默尔的话来说，这个概念体现的是"一种极其深刻的精神转变，这种转变一方面使我们把歌德时代始终看成是属于我们的世纪，另一方面把巴洛克时代视为好像远离我们的史前时期"——整合在一起的理路。有意思的是，在当代对中立性自由主义的批判声浪中，这种理路也仍然是一种活生生的资源。在较为哲学化的层面上，例如罗蒂那种把教化的哲学与体系的哲学相对峙的思路则仍不过是上述问题意识之新的折射而已。

虽说"旧书"肯定未必不如"新书"，不过无论如何，我在麦迪逊花园广场附近的那家 Borders 连锁店中得到的 Richard Sorabji 的《时间、创造与连续：古代和早期中世纪诸理论》却肯定要比我同样在哈佛附近那家旧书店得到的伯奈特（John Burnet）久负盛名的《早期希腊哲学》和里特尔（Constantin Ritter）的至今仍在重版的《柏拉图哲学精义》更吸引我，而这当然不只是因为相对于芝大出版社出版物的定价来说，"古代评注者论亚里士多德"研究计划启动者的这部雄心勃勃的、长达近五百页的巨著才要 22.5 美元，而是因为其激动人心的内容。记得陈康先生曾有豪言谓"中国人研究希腊哲学要有让西方人有一天以不懂中文为恨之志"，看了 Sorabji 这书的标题，我就已经以自己不以古典哲学为业为恨了！

前面我曾经提到康福德（Francis M. Cornford）的名字，他的《从宗教到哲学》是一本流传很广的书，我是

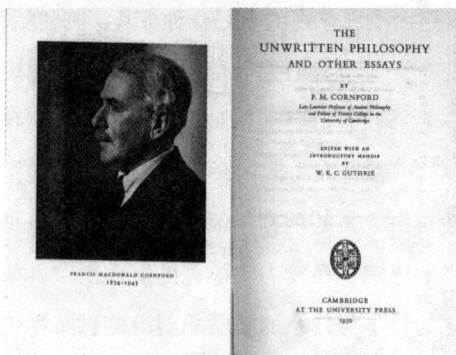

《未成文哲学及其他论文》康福德（Cambridge）

在 Strand 得到它的普大出版社平装本的。不过颇为难得的是我曾在哈佛附近同一家旧书店得到由以一人之力完成六卷本《希腊哲学史》的格思里（W. K. C. Guthrie）编辑并撰写导论性回忆文章的康福德的遗文集《未成文哲学及其他论文》，书后收有康福德除评论外的全部著作目录。在我看来最有趣的是格思里开篇的回忆中表达的一个看法，他是这样说的："康福德曾经在某处说，'我既不是一个哲学家，也不是一个神学家'"，那么他是个什么样的人物呢？我能给出的最好回答是他是一个历史学家和一个诗人，而且在他选择的希腊思想史这一领域中，唯因他是一个诗人，所以他就是一个更好的历史学家。

　　当然，作为一个在普林斯顿访问的哲学学者，我不可能不注意曾长期在普大哲学系任教的 Gregory Vlastos

关于希腊哲学的著作。果不其然，就在我即将离开普林斯顿回国前夕，我还是在刚搬来 Nassau 街上的 Labyrinth 书店中收了伏公的三本书，分别是《希腊哲学研究第一卷：前苏格拉底哲学家》、《第二卷：苏格拉底、柏拉图及其传统》以及《苏格拉底，反讽者和道德哲学家》，其中最后一本还是 Non-Returnable 的那种。而不无巧合的是，我最后所收的一本"古典学"著作正是耶格尔的同门保罗·弗兰德兰德（Paul Friedländer）的同样是三卷本的《柏拉图》，是我在 Labyrinth 书店的让人"如入宝山"的旧书部十分幸运地"邂逅"的，这套用一个星号代表卷次的、摆放在书架上特有品儿的书花去了我 150 美元。可见至少对我而言，古典的"追寻"和"重温"似乎也就只有仪式性的意义——不过即使这样，或者唯因如此，我还是要在这里"重温"维拉莫威兹在《古典学的历史》开篇所说的话：

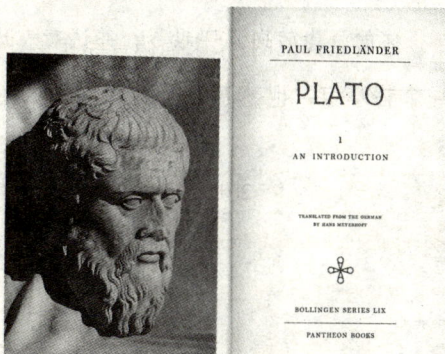

《柏拉图》弗兰德兰德（Pantheon）

就像每一门知识所使用的方法一样——或者可以用希腊的方式，用一种完全的哲学方式说——对现存事物并不理解的敬畏之感是研究的出发点，目标是对那些我们已经全面理解的真理和美丽事物的纯洁的、幸福的沉思。由于我们要努力探寻的生活是浑然一体的，所以我们的科学方法也是浑然一体的。

于是，更值得"重温"的就还有被《威廉·麦斯特的学习年代》的英译者卡莱尔先生"誉为""一百年来最大的天才，同时也是三百年来最大的蠢驴"的歌德老人在他与爱克曼的《谈话录》——尼采在"漫游者及其影子"中有谓，与路德的圣经译本相反，爱克曼的《歌德谈话录》堪称"现存最好的德语书"——中的话：

> 人们总是谈论研究古人；但这实际上只是在说：将你的目光转向真实世界，并试着表达这个世界吧——因为古人正是这样做的。

2011 年 1 月 12 日，写毕于杭州

保守之回归

如果说古典之"追寻"和"重温"对我而言似乎仅具有仪式性的意义,那么所谓"保守之回归"则在我工作的政治哲学场域中呈现为一种活生生的存在和对象。设想后人撰写近 10 年来中文政治哲学之历史,"保守(主义)之回归"一定是不可或缺甚至必须浓墨重彩地加以刻画的一章。颇为有趣的是,如果我们把现在所谓"儒家自由主义"也放在保守主义的谱系中,那么在一定程度上,我在 20 年前就已经是一位"保守主义者"了。不过在我看来,晚近兴起的这一轮"保守之回归"无论在智识探究的深度上还是在价值诉求的力度上都已经不是一般所谓"儒家自由主义"所能够牢笼的了——价值诉求上的力度不论,这里所说的智识探究的深度当然是指对包括保守主义在内的西学之了解上的丰富性和系统性。

不管是基于我本来就有的"保守情结",还是当前的保守主义"大气候"之"潜移默化",保守主义的文献和著作一定是在我的访书历程中不时加以关注的。只不过与前两节相较,除了施特劳斯的著作,我的这种关注就未免少了些许系统性,而更多的具有"零打碎敲"和"随遇而安"的色彩。

首先是一部题为《保守主义传统》的老旧文选，由时为剑桥大学唐宁学院的研究员怀特（R. J. White）编辑，1950 年英国初版，我手头的是 1957 年纽约大学出版社的本子。值得注意的是，这个选本是与题为《自由主义传统》和《激进主义》的另外两部文选作为一个系列一起推出的。据这个系列的总序介绍，与把保守主义、自由主义和激进主义（社会主义）置于法国革命的语境中来讨论的惯常做法不同，这个系列完全是围绕英国政治思想编撰的。用总序开篇的话说，"一直以来，英国人对文明世界作出的一个独特贡献就是从 16 世纪的不列颠开始的对于政治事务之持续不断的讨论。"既然上升到了这样的"高度"，就不由人不联想起萨拜因在《什么叫政治理论？》中那段著名的话：

> 政治哲学著作的大量问世，是社会本身正在经历艰难困苦时期的确切征兆。一个引人注目的事实是，在长达几乎两千五百年的一段历史中，相当一部分最重要的哲学著作是在两个时期内完成的，每一个时期都只有五十年左右，而且出自两个范围十分有限的时期。这两个地区之一是雅典，时间是公元前 375—前 325 年，这个时期出了柏拉图的《理想国》、《法律篇》和亚里士多德的《政治学》。另一个地区是英格兰，时间是从 1640—1690 年的那半个世纪。这时出了霍布斯和洛克的著作，同时还出了一

大批不那么知名的人物的著作。应当看到，在欧洲社会的理性发展过程中，意义最重大的变化都出现在这两个历史时期。在第一个时期，希腊城邦从文化上的领导地位跌落下来，这肯定是古代世界主要的精神大动荡。在这个时期里还为希腊文明和亚洲文明融合作了准备，从而决定了此后欧洲文化的整个进程。在第二个时期里，形成了第一个以民族为界限的立宪制国家，为知识上的和科学上的变化做了准备；这些变化支配着西方世界，至少直到 1914 年。

当然，这么说并不等于主张英国政治思想的发展乃是封闭自足的，正如编者怀特在《保守主义传统》的"导论"中明确指出的——"保守主义是法国大革命时代的天然产儿，它的双亲乃是柏克和皮尔勋爵；而且它一度看似有可能成长为辉格派"。柏克作为近代保守主义之鼻祖（Grandfather）自是毋庸置疑，值得注意的倒是编者对于皮尔（Sir Robert Peel）之"father"地位的强调。在这位编者看来，保守主义的宗旨，如同皮尔在《塔姆沃思宣言》（*Tamworth Manifest*）中清晰地呈现的，就是要把《法国革命反思录》的柏克和《经济改革法案》的柏克结合在一起。这种保守主义的核心观念乃是"连续性"（Continuity）："严格地说，它是要根据对传统建制的一种理性解读保守这种建制。它的消极座右铭就是柏克关于创新之激情乃是一种渺小心灵之品格的箴言；它的积极信条就是'早期的改革是与当权之友朋的一种亲切和解，晚近的改革则是强加给被征服之敌人的一种霸王条款'。"

尽管《保守主义传统》的编者引用柯勒律治的话，认为要把"把无原则的舆论"与"非原则的舆论"一分为二总是勉为其难的，他还是总结了保守主义的三条原则：一是政治作为对人类之终极解释的极端不恰当性，二是有机的社会观，三是拒绝把"意志"当作法律的护身符或神圣化。虽然第三个原则字面上是在强调"统治和立法事关理性和判断，而非关性情（inclination）"（柏克语），但事实上，浸润和贯穿包括保守主义内的英国政治思想的仍然是一种"经验的品格"，这就正如怀特在"导论"开篇对保守主义的界定："保守主义与其说是一种政治学说，还不如说是一种心灵惯习，一种情感方式，一种生活方式。"

保守主义在英美政治思想史的不同命运至少对那些坚信这两种政治传统之天然亲和性的"常识论者"构成了一道表面上的解释难题——例如，应当怎样驳斥"因为美国实际上是一个自由主义国家，保守主义就是'非美国式的'"这种反复出现的批评？事实上，一位非学院的学者乔治·纳什在他撰写的大部头著作《1945年以来美国的保守主义智识运动》（George H. Nash：*The Conservative Intellectual Movement in America Since 1945*，First published in 1976 and revised in 1996；ISI

Books，2006）中就把这个问题设定为美国右派必须回答的问题。除了"什么是保守主义"这个老大难问题，纳什在书中设定的美国保守主义者以及他本人必须回答的问题还包括："当某人'实际上'是一位19世纪的自由主义者时，你怎么才能把他称作保守主义者？""你怎样才能把一位来自欧洲的流亡的保王党包括在对美国右派的研究中？""除了对于20世纪自由主义的深刻敌意，保守主义运动本身的智识正当性何在？""保守主义运动是靠什么原则和抱负结合在一起的？"最后，对美国保守主义的一个至关键的问题是探寻一种本真的美国保守主义遗产的问题。

为了回答这些问题，纳什把"二战"以来美国的保守主义运动分为三个阶段或形态：一是古典自由主义或自由至上主义，它所抵制的是国家对自由、私人企业和个人主义的不断扩张和侵蚀，这个阶段在20世纪50年代中期达到高潮；二是以Richard Weaver、Peter Viereck、Russell Kirk和Robert Nisbet等人为代表的新保守主义或传统主义，有鉴于20世纪30至40年代的极权主义、全面战争以及世俗无根的大众社会的发展，新保守主义呼吁回归传统宗教和伦理绝对性，拒斥把西方价值侵蚀成充斥着超人意识形态之真空的相对主义；三是一种好战狂热的反共主义，其鼓吹者包括Whittaker Chambers、James Burnham、Frank Meyer等人——用纳什的话来说："恰恰是这些曾经的左派带给战后的右派这样一种信念：

西方正在展开与共产主义这一难以和解之对手的巨大斗争"。

正如纳什本人所承认的，美国保守主义运动的这几种成分和阶段之间实际上并没有截然分明的界线，特别是后两者之间更是难分彼此、甚至浑然一体。这种说法的一个有力证据在于两者最后都指向了所谓美国认同问题。在这方面，纳什书中题为"何为美国保守主义？施特劳斯、威尔莫·肯德尔和'贤人'"的一章是颇能说明问题的，特别是从我曾经指出的中文世界对施特劳斯派之引介中的某种偏颇来看就更是如此。纳什在这一章中提到有些保守主义者把肯德尔（Willmoore Kendall）推许为他们当中"对美国政治传统的最伟大解释者"，他也引用施特劳斯称许肯德尔是"他那一代人中最好的美国政治理论家"。

肯德尔符合某些天资卓绝人物的"一般特征"——聪颖早慧（13 岁上大学，20 岁出版第一本书），年寿不永（得年 58 岁）。但他并不是一位低产的著作家，不过我手里只有从 Strand 得到的他的一部题为《美国的保守肯认》（*The Conservative Affirmation*）的文集。其实这个文集是1963 年他生前出版的，我淘到的是 1985 年重印的本子。纳什的书所归属的 ISI（Intercollegiate studies Institute）的沃尔夫（Gregory Wolfe）为此书重版新撰了一篇序言。据沃尔夫在序言中介绍，肯德尔并不擅长写大部头著作，而毋宁说是一个杰出的随笔作者。沃尔夫用"蜿蜒曲折"

（serpentine）来形容肯德尔的文笔。从我十分有限的阅读和同样十分有限的英文程度，我是深受这种文体之苦的。不过我觉得沃尔夫要言不烦的前言确实有助于我们大致把握肯德尔思想的要旨。

正如纳什已经指出的，肯德尔的主要贡献在于对美国政治传统的研究和解读。在保守主义范式崛起之前，对美国政治传统的诠释一直被哈茨范式支配。路易斯·哈茨（Louis Hartz）在《美国的自由主义传统》一书中坚称，美国向来就是一个自由主义国家。他引用《独立宣言》中的平等学说和《权利法案》中的"自然权利"来支持自己的解读。针对这种范式，肯德尔指出，平等的概念在美国宪法中是隐没不彰的，而《权利法案》曾经遭到广泛的抵制并最终作为一种调和法案被采纳。肯德尔坚持认为，自由主义者在制宪者的心灵中解读出了他们不曾想到的东西，美国宪法根本没有确立全民表决的民主，宪法明确地以立法为至尊。在被称作其最为恒久之成就的对《联邦党人文集》和普布利乌斯鼓吹的"宪法道德"的解读中，肯德尔更是把矛头直指把制宪者当作洛克和霍布斯之后裔的现代主义解释，驳斥对于制宪者的"以派性抗衡派性"的"浅薄"理解。他力图证明在制宪者的设想中，立法者乃由以"对共同体之深思熟虑的理解"为鹄的的贤人组成，而这种由对共同善之关切所指导的"共识之治"实际上又是多数规则的一种表达，但它要经过人民中的贤达代表的过滤。

值得注意的是，在肯德尔晚期的学术生涯中，他对施特劳斯和沃格林的阅读强化了他对于美国政治传统的解释。运用古今之争语汇中的洞见，肯德尔认为他能够证明制宪者事实上保持着与更古老的自然法传统的连续性。"在研究了施特劳斯和沃格林之后，肯德尔宣称自己必须接受'再教育'（reeducate）"（沃尔夫语）。不过，更值得注意的是沃尔夫所指出的肯德尔思想中的"复杂性"和"矛盾"："肯德尔是一位珍视对大众意志之'贵族式'掣肘的多数至上论者，一位赞美共同体的个人主义者，一位赞扬对正统之需要的异议者"。有意思的是，肯德尔自己不但意识到自己分析中的这种张力，而且断言它们是一种有效的张力。除了申言"永恒的真理都是悖论性的"，并悲叹自由主义者"拒绝让两难困境驱使自己达到更高的辩谈层次并基于此把矛盾转化成有意义的悖论之张力"，肯德尔还用以下的话——在我看来，这段话堪称卡莱尔勋爵那句"所有伟大人物都是保守的"之活的翻版——为自己作的"告白"：

　　一个受我们根本的基督教传统教化从而彻底浸润于礼仪（civility）——我从约翰逊博士那里借用来这个术语——中之头脑的标志就在于它的这样一种能力，它能够从智识上接受并从感情上体验其统一性在于其内部之张力的一组复杂命题，而此类观念对有些人来说可能是难以理解的。

自由之辩证

看上去同样富有悖论性的是，差不多与"历史之终结"一起被宣告其"胜利"的自由主义在20世纪的大部分时间里同样是处于守势的。一方面，福山20多年前的听上去有些"志满意得"但究其内里却不无"阴郁沉闷"的宣告完全不等于从学理上"证成"自由主义；另一方面，为自身寻求理论基础可以说相当一段时期以来已经构成了自由主义的一种"笛卡尔式焦虑"。从自由主义在学理上遭受愈演愈烈的批评看，我们甚至可以说自由主义是"遍体鳞伤"、"体无完肤"地来到它的"赛末点"——如果有这种"赛末点"的话。不过，想想也并不奇怪，虽然"最终来说我们都将死去"，但我们"活着"时所要和所能计较的不就是"谁能活的更长"吗？思想和观念领域同样如此。这么说来，正如人体不时出点儿毛病恰恰会有利于较长远的健康一样，自由主义能够存活到今天——如果它今天当真还"活着"的话——恰恰要感谢其代有传人的批评者。从20世纪晚期英语世界政治哲学的发展态势看，尽管有种种争议，我们仍然不得不说这"居功至伟"的批评者乃正是所谓社群主义。

以现已年过八旬且似已"息影"的麦金泰尔1981年出版的《德性之后》和最近频繁访华并赢得"少男少女

们"追捧的桑德尔 1982 年发表的《自由主义与正义的局限》为肇端（作为桑德尔的老师，查尔斯·泰勒收在其第一部文集《哲学与人类科学》中的那些被广为引用的论文中的篇什写作时间要更早），社群主义全方位地展开了对自由主义的"围剿"。这里首当其冲的就是几乎以一人之力扭转英语世界政治哲学发展方向而现在在中文政治哲学中却不幸地成为一个分裂性符号的约翰·罗尔斯。社群主义的批判所产生之影响的一个标志在于，即使罗尔斯本人完全拒绝桑德尔在"（社会）本体论层面"（泰勒语）上对他的批评，《政治自由主义》仍然被认为在某种程度上是对社群主义的反应并被指对后者让步过多，例如巴利（Brian Barry）就持这种观点。不管人们如何评价社群主义对自由主义的批评，也不管人们如何解读罗尔斯本人对此的反应，有一点是清楚的，那就是自由主义在经历社群主义批评后的一个显著而重要的发展趋势似乎就是在调和罗尔斯和社群主义的关系！对此还可以做一个最"形式化"的描述：正如《正义论》的出版在相当程度上规定了政治哲学此后发展的议程，至少在一种较小的程度上，在一个较短的时段——例如我现在看到的时段——上，社群主义与自由主义的论战划定了自由主义此后拓展的场域，甚至拉兹那部被誉为自密尔以来对自由主义政治道德作出最精深阐释的《自由的道德性》也不妨作如是观。

1997 年由纽约大学出版社出版的尼尔（Patrick Neal）

的《自由主义及其不满》(*Liberalism and Its Discontents*)也许并没有足够的原创性，但确是"坐实"我们上述判断的一个极好例子，虽然这本选用美国"人民画家"爱德华·霍珀的《西汽车旅馆》(Edward Hopper, Western Motel)做封面的小册子仅在三处提到了社群主义对自由主义的批评：尼尔在一处指出，社群主义取代马克思主义作为对自由主义的"主流"批判话语的一个结果乃是"广泛地摒弃了对于 liberal desideratum 的追求"；与此相应，他进一步认为社群主义批判的一个重大后果就是自由主义者开始自觉地谈论"捍卫自由主义"的问题，也就是把注意力从所谓"家族内部之争"转向对"外来的"挑战；就罗尔斯和社群主义的关系而言，尼尔肯定，通过把厚重的和私人的自我与浅薄的和公共的自我区分开来，并容纳社群主义立场中的合理成分，罗尔斯的"实践转向"及其对"正义即公平"的"纯粹政治的"再解释成功地回应了关于"抽象的个人主义"和"道义论的自我"的指控。比较有建设性的，尼尔认为当代自由主义话语典型地被以罗尔斯为代表的政治自由主义和以德沃金与拉兹为代表的至善论自由主义之间的竞争和对抗所支配，而忽视了被罗尔斯称作"权宜之计"(modus vivendi) 的第三方。尼尔把"权宜之计"称作"世俗自由主义"(vulgar liberalism)。他承认这种"极简版的"(minimalist type) 政治自由主义也许只对在自由主义之外别有"寄托"和"怀抱"的人才有吸引力，但他也坚持认为，恰恰是这种比政治自由主义更少"自由"但更多"政治"的"世俗自由主义"更有可能实现政治自由主义所追求的普世目标。

如果说尼尔这种在在使人联想起约翰·格雷对"权宜之计"自由主义之著名辩护的"世俗自由主义"虽然是"朝前看"的，但确实如他本人承认的那样是"从底下看的"（the view from below），那么在"自由之辩证"的历程中也同样还有"朝后看"的路径。我这里的所谓"朝后看"，并不是单纯指所谓"开历史的倒车"，而是指思想史中的一种常见的情形，就是思想的论辩有时恰恰会激发思想史研究的兴趣和要求，也就是一种重建自身谱系的兴趣和要求。这方面的例子举不胜举，就我有限的视野所及，伯科威茨（Peter Berkowitz）的《德性与现代自由主义之形成》（*Virtue and the Making of Modern Liberalism*，Princeton University Press，2002）是较值得注意的著作。

伯科威茨是在美国左右两翼、学界政界都大谈德性问题的背景下写作他的这本书的。他注意到自由主义传统中存在着对于德性的一种爱恨交织的情绪。这里说的"恨"是人们耳熟能详的，它基于有限政府、对个人选择的尊重以及对人类平等之信奉的自由主义原则。据说每个公民都是对自身之善的最佳判断者，而政府的作用就是保护每个公民行使其选择，并避免运用公权力偏袒某些特定的选择或某种特定的生活方式。这样看来，构成一种体面或良善生活的一系列德行的观念就显得像是对个人选择的一种有害限制，并有可能助长政府用立法手段促进道德的热情。相形之下，自由主义传统中对于德性之"爱"似乎并不常见，这种"爱"乃基于把作为一种生活方式的自由理解为一种成就，而这种理解会要求个人具有特定的德行，或者说某些心智和品格特征，例如反思的判断、同情的想像、自我约束、合作的能力以及宽容等。伯科威茨一方面承认对于德行的这两种情绪代表了自由主义传统中的两种对立倾向，任何一种倾向都只得自由主义精神之半；另一方面又坦陈"自由主义思想的结构本身就保证了德行将是它的一个挥之不去的问题，这个问题既不可能通过理论得到干净彻底的解决，也不可能通过精巧的制度设计或良善之法得到一劳永逸的确定。在自由主义思想内部否认或解决这个问题的每种企图都会压制自由主义精神的重要维度，并削弱自由主义实践的灵活性和力量。屈从于走向某个极端这种常见的诱惑……实际上反映了一种智识上的冷漠。不管听上去多么荒唐，在德行问题上的某种暧昧性恰恰是自由主义精神之节制和活力的标志"。

如果说伯科威茨所论还是对自由主义历史和理论谱系的某种局部的重构，那么克里滕登（Jack Crittenden）的《超越个人主义：重构自由主义的自我》（*Beyond Individualism: Reconstituting the Liberal Self*, Oxford University Press，1992）和伯德（Colin Bird）的《自由

个人主义的迷思》(*The Myth of Liberal Individualism*, Cambridge University Press, 1999) 则在当代的理论场景中深入到了个人主义这一自由主义最深层次的价值承诺,展开了更为哲学化的也就是我前文所谓"奠基"层次的工作。不过显然并非巧合的是,这两部著作都是自觉地在自由主义和社群主义之争的背景下开展论辩的,甚至两书最后一节的标题都有惊人的相似之处。克里滕登的书最后一节题为"自由主义从社群主义得到的教训"——他有些老生常谈地认为自由主义要像社群主义一样学会理解情境和社会环境的重要性,要学会认真对待构成性的"他者"的观念;伯德的书最后一节就题为"超越社群主义",其中特别值得注意的在于,仿佛是为了呼应社群主义对于自由个人主义的"自愿主义的"(voluntarist)能动性观念的批评,伯德强调了对于能动性和道德认同的一种表现主义(expressivist)观点的重要性,并引人注目地把拉兹的至善论自由主义解读为一种表现主义的观点:"在我看来,拉兹最近的著作非常雄辩地表明何以一种表现主义的观点能够彻底消除'自由个人主义'在晚近的政治理论争论中所投下的深长阴影。对拉兹来说,政治之鹄的不仅在于为个人价值服务,不止在于盲目地坚持一个社群或一种社会认同的价值,更在于面对社会的、经济的、意识形态的和政治的诸多威胁而为达致个人幸福之能力奋斗。"

在这幅诱人的后自由主义 - 社群主义的图景中,我唯一想要补充的是我从其《黑格尔与现代社会》中习得"表现主义"一语的查尔斯·泰勒的根本重要性。在我看来，泰勒在1989年发表的一书一文实际上已经宣告了社群主义运动的"终结"：这本书就是《自我的起源：

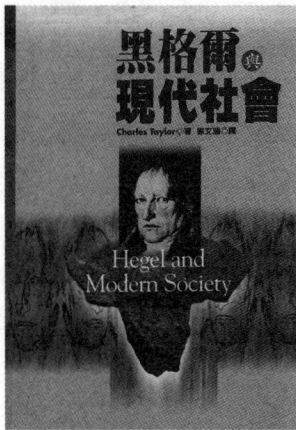

《黑格尔与现代社会》泰勒（联经）

现代认同之形成》（*Sources of the Self: The Making of the Modern Identity*，Harvard University Press），这篇文章就是《答非所问：评自由主义－社群主义之争》（"Cross-Purposes: The Liberal-Communitarian Debate"）。如果我们记得阿米·古特曼1985年那篇文章（Amy Gutmann："Communitarian Critics of Liberalism"）中对社群主义作为对自由主义的一种后马克思主义的批判力量的描绘和刻画，再联想到福山宣称作为历史之终结点的那个年份，便会觉得自由主义史上最强大的两个对手之同时终结实在是颇堪玩味的，虽然我这里所谓"终结"完全是在"呼应"恩格斯在《费尔巴哈和德国古典哲学的终结》中的用法——或者我们可以套用罗伯斯庇尔在临刑前的话："死亡并非长眠，而是永恒之始"。

最后，作为对自由之"辩证"的一种"示例"，让我引用合而观之构成对自由主义之"辩证"看法的两句话。
第一句是时任白宫发言人的美国众议院前议长金里奇在
谈到洛杉矶一个三岁孩童被街战枪火不幸击中时说的:

> 自从林登·约翰逊创建了"伟大社会"以来,我
> 们现在经历的是摧毁美国的30年。这30年来,我
> 们释放了罪犯,容忍了毒贩,忍受着暴力,接纳了
> 野蛮行为,而所有这一切都是以某种软心肠的自由
> 主义为名,这种自由主义总有着下一个借口、下一
> 个解释、下一个原理。

另一句是老牌的纽约文人莱昂内尔·特里林(Lionel
Trilling)在他那本《自由派的想像》(*The Liberal
Imagination*)中说的:

> 我有时候认为,一种最符合自由主义利益的批
> 评会发现它最有用的工作不是去确认自由主义在一
> 般意义上的普遍正确性,而是将现有的自由主义观
> 点和假设置于某种压力之下。

2011 年 6 月 20 日写毕

托克维尔和阿隆

    记得我曾在自己的一篇"部落格文字"中"追忆"20 年前在淮海中路 622 弄 7 号求学时节之某个清晨，于现已改为上海书城的卢湾新华书店购得商务绿皮《论美国的民主》时的狂喜心情，这其中的一个原委乃是我此前反复在位于万航渡路的院图书馆借阅此书的"美国丛书"版而未得。1993 年 4 月，我北上津门考学，事毕顺访京城，和其时已在北大读研究生的大学室友李传新在琉璃厂闲逛，并在那里"邂逅"了其实早一年就已经出版的已故冯棠先生所译《旧制度与大革命》精装本，其书印数仅 2000 册。无可讳言，新时期以来，托克维尔在中文法政思想界的地位和影响一直处于一种"不温不火"的状态，我无法对此给

ALEXIS DE TOCQUEVILLE

Remplaçant de M. Drouyn de Lhuys. Puisse le lorgnon qu'il tient toujours à la main lui faire voir clair dans les affaires étrangères.

托克维尔

出一种深层诊断或深度解读，而只能"形式主义地"认为此种"不温不火"也许正是与托克维尔本人的思想特质相称的。我也只是在多年前的《两种自由的分与合》一文中引用过他，而这种征引还是通过一位"名不见经传"作者的《自由民主与政治学》一书，这位作者在他的这本有一个非常恰如其分标题的书中把托克维尔的自由概念解读成三个层次：个人权利、公民管理自己的权利，尊重法律的命令，以及由宗教教义赞同的一种做好事的责任。我其时这样引用托克维尔其实只是为了"先入为主"的"证明"像泰勒这样的社群主义者对前者的反复引证只不过暴露了他们自己对于自由主义基本理念"依违其间"的态度，虽然我那时——一定程度上包括现在——并不清楚自由主义的基本理念究竟是什么，我现在大概会认为这个理念就是"自主性"，而我那时只能确认那一定不能就是"消极自由"！

话说我虽非托克维尔的研究者，但我对于他确实是有一种"特殊的情感"，这种所谓"特殊的情感"乃是与虽然在我们的生命中曾经那么重要甚至塑造了我们的"认同"、但并不需要我们去刻意惦记培植、却又会在某些不经意的时刻涌现在我们面前的那些令人眷注（attachment）的东西相关的。因此，当我在全店的书排列起来有 15 英里长的 Strand 的书架上见到托氏全集主编者迈耶（J. P. Mayer）的《托克维尔传》（*Alexis de*

Tocqueville, *A Biographical Essay in Political Science*, trans. By M. M. Bozman and C. Hahn, New York: The Viking Press, 1940）时，我确实无法抑制自己的激动心情，而当即就决定把它收归囊中了，其时它在 Strand 应当已经躺了快有半个年头。顺便说一句，如果要我从此行所访求到的全部书籍中挑选出最珍爱的 5—10 种，那么这个其实只有 233 页而看上去却有四五百页的蓝布精装本子就一定是名列其中的，我正是在这本书中找到了在普林斯顿大学的 Friend Centre 与我朝夕相伴的那幅大概堪称托克维尔最著名的漫画像之"出处"，而出版此书的这家 Viking Press 就是后来阿伦特《论革命》的初版发行者。

据迈耶在此书导言中说，在他 1939 年写完这本书之前，托克维尔的思想在整个西方世界也并未引起多大程度的重视和兴趣——至少是重新解释的兴趣。此前只有勒迪耶（Antoine Redier）的一本题为《托克维尔如是说》（*Comme Disait M. de Tocqueville*）的法语著作在这个领域有创榛辟莽之功——勒迪耶在 1925 年不无讽刺地把他的书题献给"所有那些迄今不知道托克维尔的人"。不过迈耶却注意到他的同胞德国哲学家狄尔泰（Wilhelm Dilthey）早在 1910 年就称誉托克维尔是"自亚里士多德和马基雅维利以来最卓越的政治分析家"，但这位"对于西方民族的智识史根源具有莫大权威的战前德国思想家"的言辞却无人问津。迈耶似乎没有详细谈论托克维尔思想遭到忽视的根本原因（我猜想社会主义运动在19世纪后半叶的风起云涌一定是一大因素，阿隆的这句话似乎是对此的一个"旁证"——"在社会主义传播之前，托克维尔关于走向地位平等的运动不可抗拒的论点，同阐明野蛮的资本主义和无产者的起义并不相悖"），但他明确指出，"世界大战以及战后的政治经验，特别是所谓极权主义国家的兴起，无疑使得重新审视托克维尔的政治和社会告诫变得迫切了。这是因为亚里士多德和马基雅维利都根本不了解现代民主大众社会的现象。"迈耶认为，就如同亚里士多德是希腊城邦的政治哲学家、西塞罗是罗马共和的政治哲学家、阿奎那是中世纪的政治哲学家、马基雅维利是16世纪绝对主义的政治哲学家、洛克是1689年英国资产阶级（革命）的政治哲学家一样，托克维尔是首位揭示大众民主时代之原则的政治哲学家。

这些看法当然是"卑之无甚高论"，不过我觉得除了题为《沃尔特·白哲特论路易·波拿巴"政变"》和《亨利希·海涅作为托克维尔的同代人》这两篇附录，至少就中文语境而论，迈耶这部传记之题为"遗产"的最后一章是写得颇为"出彩"的，特别是其中谈到托克维尔之"潜在影响"（subterranean influence）时所抉发的那个线索。

稍有一些马克思主义经典著作常识的读者都可以理解，至少在"新时期"以前，托克维尔在中文政治思想史领域中的"尴尬地位"乃是由于马克思曾经在《路

易·波拿巴的雾月十八日》中点过他的名。迈耶对这段
"公案"及其"余波"的处理，在我看来——特别是结合
我一直以来的某些关注点——即使在今天也仍然是颇值
得玩味的。根据迈耶的考察，上述所谓"潜在影响"在
蒲鲁东那里特别清晰可辨，并通过蒲鲁东影响到马克思，
而在乔治·索雷尔那里得到最为显著的表现。索雷尔在
《进步的幻觉》中证明，蒲鲁东的《经济矛盾的体系，或
贫困的哲学》受到了托克维尔所表述的平等原则的启发，
而他的处女作《什么是财产？》则体现了《论美国的民
主》的影响。《神圣家族》表明马克思和恩格斯非常熟
悉《什么是财产？》，而马克思更是在《哲学的贫困》中
猛烈批判了蒲鲁东和托克维尔共享的平等原则之"天命"
(providential character)。迈耶认为，这种口诛笔伐同样
适用于托克维尔，因为"马克思并无意于追溯蒲鲁东命
题的来源"。针对《哲学的贫困》中的这段话——"当然，
平等趋势是我们这个世纪所特有的。认为以往各世纪及
其完全不同的需求、生产资料等等都是为实现平等而遵
照天命行事，这首先就是用我们这个世纪的人和生产资
料来代替过去各世纪的人和生产资料，否认后一代人改
变前一代人所获得的成果的历史运动。"——迈耶认为马
克思的这个观点无疑是正确的，托克维尔本人也不会否
认，于是问题就在于蒲鲁东对托克维尔的理解是否正确。
值得注意的是，迈耶在这里提出了一个虽然"雄辩"但
确实有些"大胆"的断言：

彼时，《论美国的民主》的作者具有比马克思更为广泛和透彻的历史知识，而且意识到——马克思则没有——西方历史中的平等趋势出现于中世纪晚期，而不是首先出现于19世纪……平等原则的天命植根于托克维尔的宗教观，这种观点把人类看作上帝的自由和平等的造物。民主是一种天命只是就这个意义而言的。如我们所知，马克思本人把社会主义的社会秩序描述成一种自由和平等的秩序。他没有像托克维尔那样看清，就原则和目标而言，他的社会哲学是植根于西方基督教的。

如果我们回到揭示大众民主时代之原则这个首要任务，问题的实质就会看得更为清楚。这里最好还是用迈耶的原话：

大众的兴起已经植入到我们人类的命运中。托克维尔的政治哲学既是一种预言，也是一种责任，还是一种警告。他与他那个世纪的许多伟大人物一样有这种责任，因为这种责任也被像歌德、雅各布·布克哈特、尼采、索雷尔和马克斯·韦伯感知到了。也许马克斯·韦伯的工作为托克维尔对于问题的表述提供了最适当的重述，差别仅仅在于看待问题的一种更为普遍的视界——因为韦伯也考虑了东方文化——也在于对于一个已经脱魔的时代之清醒凝视。

韦伯被引入这幅思想图景使得迈耶对于托克维尔之"潜在影响"的追溯更形丰富完整，正是在托克维尔、马克思和韦伯的这种复调"对话"中，托克维尔所谓平等或民主的"天命"这个现代大众民主时代最深刻的谜题才能被揭开或者得到更清晰的呈现。迈耶一方面断言，只有把马克思和托克维尔的智识成就冶于一炉，才能为未来的政治哲学奠定全面的基础；另一方面又告诫，他对于托克维尔之政治哲学的解释不应当被误解成是要独断地采用马克思的立场来寻求对前者的一种必要的校正。这是因为，在迈耶看来，马克思虽然开启了对资产阶级社会秩序的一种经济学批判，但却没有很好地理解现代大众国家的制度和政治组织问题。沿着这个路径对马克思的"批判"在某种程度上我们已经耳熟能详，无须在此详细复述。不过，我们确实不能不认真面对由此提出的所谓政治精英的难题，因为迈耶同样认为托克维尔政治哲学的一个重大弱点恰恰在于他回避了这个问题。事实上托克维尔在致密尔的信中涉及了这个问题，但他最后把它的解决归之于"现代民国（nations）的命运"。在迈耶看来，从托克维尔的前提看，他提出问题却又无法解决问题乃是最自然不过的，因为作为政治精英的贵族已然消亡，而从缺乏政治德性的资产阶级脱颖而出的政治精英在托克维尔看来乃是一种用语矛盾（*contradictio in adjecto*）。正是在这个意义上，迈耶认为索尔雷尔那种无产阶级精英的理论可以说是从托克维尔的前提得出的

"逻辑结论"。

其实迈耶当然并不信服索雷尔的无产阶级精英论，他不无调侃地用"力不从心"（the spirit is willing but the fresh is weak）来形容抵御资产阶级诱惑之困难，并最终在他的《托克维尔传》中把自由的设准与现代平等的大众社会相调和作为包括托克维尔在内的政治哲学家们所献身的一个未竟课题。

迈耶生于 1903 年，经历过两次世界大战，抵抗过纳粹、又遭受过纳粹的迫害，后又利用 1936 年柏林奥运会期间纳粹反犹政策的放松逃到英国，在几乎把毕生的精力献给托克维尔著作的整理和研究（他还在英国的雷丁大学创立了托克维尔研究所），并亲眼目睹冷战结束后于 1992 年以九旬高龄谢世。我们不知道从 20 世纪 30 至 40 年代开始就致力于复兴托克维尔研究的迈耶对于 70 和 80 年代后以雷蒙·阿隆为主要推手的托克维尔热会作何感想，但有一点是可以肯定的，阿隆似乎仍然接续了迈耶那种通过托克维尔和马克思的相互比较来阐发现代社会之自由问题的框架和思路。阿隆有一篇著名的文章就叫做《托克维尔和马克思》，这篇文章收在他的题为《论自由》的小册子中。很有意思的是，我在 Strand 得到的两个阿隆选集（*Politics and History, Selected Essays by Raymond Aron*, Collected, translated, and edited by Miriam Bernheim Conant, New York: Free Press, 1978; *History, Truth, Liberty, Selected Writings of Raymond*

Aron，Edited by Franciszek Draus with a Memoir by Edward Shils，The University of Chicago Press，1985）都收入了这篇文章，但却有两个不同的英文标题，除了《托克维尔和马克思》外，另一个标题是《自由主义的自由定义》。不过在谈到这篇文章之前，我想先简要介绍一下阿隆的《重新发现托克维尔》一文。

阿隆这篇文章最重要的概念就是"革命后社会"，他认为"选择法国大革命的性质和结果作为中心课题"的托克维尔是站在世界史的高度思考革命后社会，也就是我们今天所说的现代社会的，而马克思也把革命后社会作为自己主要的甚至排他性论题。之所以要重新发现托克维尔，就是因为"今天的自由欧洲在许多方面更像托克维尔所预言的欧洲，而不是马克思依据资本主义积累所预言的那个欧洲"。从这个意义上，阿隆把托克维尔身后的"时来运转"主要归功于历史的"峰回路转"。阿隆如是说："对于我们这些饱受马克思主义浸淫的人来说，在20世纪50年代——资本主义复苏时期被重新发现的托克维尔身上看到的令人耳目一新的东西，恰恰是对于以社会平等和政治自由为中心的历史的思辨，而不是关于阶级斗争或者生产资料所有制的思辨。"

正是基于阿隆将其定位于西方思想之核心的自由－平等的辩证法，《托克维尔和马克思》一文集中论述了托克维尔的三重独创性：第一条是按照条件的平等，也就是根据社会意义上的民主来构建社会，第二条是对历史和将来采取一种或然论的观点，第三条是拒绝把政治从属于经济。阿隆这里强调的重点在于，一旦用社会意义上的民主定义替代政治意义上的民主定义，就必须交代其与古典政治哲学的关系。如果说孔德和马克思由于把政治制度归结为社会地位的产物或上层建筑，就切断了与古典哲学的联系，那么——还是用迈耶在《托克维尔传》中比较托克维尔和马克思时的说法——在托克维尔的世界观中，却还是把政治生活作为一个整体来看待的，"法律、制度、情感、激情、观念以及宗教、道德惯例和信条乃是无法分离地交织在一起的"。缺少一种政治结构之整体观的经济基础和上层建筑论会被托克维尔当作一种"不能接受的抽象"，那么最好还是让阿隆本人来现身说"托"：

> 各种事件不论大小，今天无不给托克维尔增添光彩。有谁预料到起源于贵族的代议制机构在"先进的工业社会"中依然是个人自由的唯一的最佳保障？第二次世界大战后，欧洲的分裂铸造了特定的大西洋的团结，把欧洲民主与美国民主之间的比较提上了议事日程，从而也就把托克维尔的著作推上了前台。我力排众议，将这篇评论拟了一个"重新发现托克维尔"的标题，不知是否有道理？[1]

---

[1] 阿隆：《重新发现托克维尔》，载《托克维尔与民主精神》，社会科学文献出版社，2008年。

尼布尔，尼布尔

我是从何时开始记住莱因霍德·尼布尔（Reinhold Niebuhr）这个名字的，现已不能确记了。近20年前，我在杭州大学这所"名校"念博士学位时，曾在系资料室"借而不阅"港版"历代基督教名著集成"中的《人的本性与命运》。我的同事包利民教授兼治基督教公共神学，多年前我和他"不约而同"到浙大玉泉教工食堂共进午餐时曾多次听他聊起尼布尔的重要性，有一次他还建议我把《光明之子与黑暗之子》列入我那些年爱"张罗"的丛书中的某个系列。正所谓"近朱者赤"，或者也要归因于尼布尔本人影响之巨，当我的访书行程"尘埃落定"时，检视之下，竟发现尼布尔的著作也有不少跑到了我这个其实对基督教神学和社会思想甚少素养——这说起来当然是件有些令人汗颜的事——的西学从业者之行囊中。

话虽这么说，我之所以能够在访书历程中开始注意尼布尔，其实还是有相当大的偶然性的。记得我刚到普林斯顿时，就发现这个如"世外桃源"般的小镇的一个最大"缺点"恐怕就在于没有一家像样的书店，更不用说好的旧书店了；我只是在靠近那个著名校门的大学生活动中心的一个兼营"文化衫"的"卖场"中，找到一家二手书店。于是，每当夜幕降临，客居异乡无处可去而又不能常在租住的陋室中"闲敲棋子落灯花"的我就常常会到那家书店转悠，并一早就在那里发现了尼布尔的早期作品《一个温顺的愤世嫉俗者之笔记选》(*Leaves from the Notebook of a Tamed Cynic*，Westinster/John Knox Press, 1929/1990)。坦率地说，除了尼布尔的大名，吸引我的主要还是书名中的"tamed cynic"这个听上去有些"吊诡"的词组！但从那以后，我竟于不意间开始有些留意起尼布尔的著述来了。

2007 年深秋，正是波士顿红枫盛开的时节，我在时在哈佛访问的张国清兄陪同下来到哈佛广场附近一家甚有"品位"的旧书店——因为这家书店中有些罗尔斯生前用过的书，国清戏称之为"罗尔斯书店"。除了得到《道德的人和不道德的社会》精装本，我还在这里拣了一册《尼布尔精要》(*The Essential Reinhold Niebuhr: Selected Essays and Addresses*，edited and introduced by Robert McAffe Brown, Yale University Press,

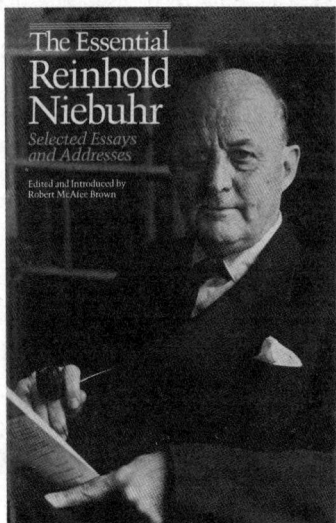

《尼布尔精要》尼布尔（Yale）

1986）。编者布朗在为这个选集所写的导论中把尼布尔称作"一个悲观的乐观主义者"（a pessimistic optimist）。布朗承认，在不熟悉尼布尔的读者眼中，"悲观的"和"乐观主义者"这两者的组合听上去确会有些"不知所云"（doubletalk），但其实却正如在"愤世嫉俗者"之前加上"温顺的"，乃是精心选择用来反映尼布尔独特观点的贴切之辞。要把握尼布尔的成熟思想就必须运用这种表面上的矛盾修辞法，这是因为尼布尔的思想中有一种通常被忽视的终极的乐观主义，《人的本性与命运》中的这句话是对此的最好证明："历史中并没有设立对实现更普遍的人类情谊和发展更完美的和更包容性的相互关系之限制……人类的自由使得在有可能在历史中实现的人类情谊之上施加任何种族的、性别的或社会条件的限制成为不可能"。但是为了避免感情用事（sentimentality），这种情感又需要加以限定，所以尼布尔同样采纳了一种暂时的悲观主义。这种悲观的乐观主义最为明白无余地表达在《光明之子与黑暗之子》这句最著名的话中："人类趋向于正义的能力使得民主成为可能，人类的不义倾向又使得民主成为必要"。尼布尔正是从这个角度解读美国政制，特别是其中的三权分立的。他运用布赖斯勋爵的话，把美国宪法称作相信原罪的人民之产物。"人类趋向于正义的能力使得民主成为可能"，因此需要赋予每个政府部门巨大的权力；"人类的不义倾向又使得民主成为必要"，因此需要防止每个独立的部门赢得凌驾于其他部门之上的权力。合而观之就是所谓悲观的乐观主义。

尼布尔的思想资源主要有两个方面：一是他所继承的基督教信仰的特定遗产，特别是他从希伯来的预言家、耶稣、保罗、宗教改革家以及克尔恺郭尔那里汲取来的部分；二是社会科学、政治哲学和历史学的概念工具，这是他在成年的智性生活中自己习得的。值得注意的是，在他长达四十余年的教学生涯中，他对神学自由主义（theological liberalism）日渐增长的不满导致他开始阐述一种所谓新正统论（neo-orthodoxy）的立场。新正统论要恢复古典基督教的遗产，这是它之所谓"正统性"；但又要摆脱作为后圣经基督教之典型特征的严格性、排他性和陈旧世界观，这是它之所谓"新"。尼布尔的思想在 20 世纪之巨大影响在很大程度上要归因于这个"新"，"他从来不属于任何学派，终其一生，他的洞见都在不断地发展和变化"（布朗语）。在这个问题上，尼布尔对马克思主义和社会主义的态度无疑是最有说服力的，就让我直接引用布朗的话来说明这一点：

> 从政治上说，尼布尔所恢复的圣经现实主义是与他早期对社会主义的拥护和对资本主义的强烈批判相伴共生的。由于认识到马克思主义在神学上和哲学上的不恰当性以及在斯大林主义中出现的对社会主义的历史性背叛，对社会主义的肯认逐渐被削弱并不断被拒斥。他开始愈来愈欣赏能够在富兰克

林·罗斯福的新政资本主义中实现的成就，但也注意到了西方资本主义中的历史性背叛。他那种永久地与希伯来预言家站在一起的立场清晰地表现在他认识到，按照神圣正义的尺度来衡量，所有的政治和社会建制都是有缺陷的。所有这些建制都始终需要他不遗余力地提供的一种内在的批判，即使其中的某些建制显然要比其他的优越，甚至是我们在这个暧昧的世界上所能够希望的最好建制，也是如此。

毋庸讳言，与形形色色的极权主义奋争乃是 20 世纪政治思想的最重要主题，尼布尔自然并非这一大潮中的例外。而他之所以被后来的新保守主义奉为"先驱"，当然与他的"反共主义"有关，但其实尼布尔的思想完全不是狭隘、片面、单维的"反共主义"所能牢笼的。斯大林主义的公然邪恶同样存在于其他的政府体制中，有时甚至也是明目张胆的。邪恶帝国和良善帝国并不是那么黑白分明的，就仿佛罪是"敌人"的"专利"，而德是"我们"的"私藏"；尼布尔最具有"冷战"色彩但同时却在某种意义上预先"终结"了冷战思维的著作莫过于他的《民国和帝国的结构》（*The Structures of Nations and Empires: A Study of the Recurring Patterns and Problems of the Political Order in Relation to the Unique Problems of the Nuclear Age*，New York: Charles Scribner's Sons, 1959, reprinted 1977）。但重要的是，认识到这个世界的"暧昧性"并不是要退回到黑格尔式的"夜牛皆黑"的世界，而仍然是有选择可做和要做的，只不过这种选择不再是"纯德"和"万恶"之间的选择，而是恶和德的不同组合之间的选择。"尼布尔对我们时代最重要的贡献也许在于他提醒我们，德性的一个明白无误的标志就在于不愿意太过绝对地把它据为己有"，布朗如是说；而尼布尔本人说得更妙："我们必须用我们的真理与他们的谬误作斗争，但我们同样必须与我们自己真理中的谬误斗争"。

尼布尔专家们热衷于谈论他的思想方法中的辩证性，所谓"辩证性"就是同时肯定初看起来是相反的命题。"爱是一种'不可能的可能性'"，根据布朗的解释，尼布尔的这个早期命题的意思是，爱是所有人类行动的最终规范，它作为一种实现的可能性翱翔于每一种情境之上，但它又是永远不可能在任何人类情境中得到完全实现的。认识到这一点并没有消灭爱的意义，反而更为充分地确立了爱的地位，因为爱总是既作为对每一种局部实现之恰当性的判准，又作为对未来的更充分实现之挑战而存在的。布朗用《人的本性与命运》中的"人既卷入又未卷入自然和时间之流中"（Man is, and yet is not, involved in the flux of nature and time）这句颇有"思辨性"的话——它最充分地体现了自然主义与理想主义之间的张力——为尼布尔的辩证方法"背书"，而我更愿意"下降"到"常识"和"洞穴"，引用在普林斯顿那个难忘之夜"遭遇"的《一个温顺的愤世嫉俗者之笔记选》中的话：

　　谈论爱中之真（the truth in love）是一件困难的、有时几乎是不可能的事。如果你不加限定地谈论真，那通常是因为你已经被激怒，或者是因为你与你所谴责之对象没有什么个人关联。一旦有了个人联系，你就很容易变得心平气和了。既要通人情，又要正派，这确实是件难事。最锋芒毕露的预言家会被驯化成最温和的教区牧师，我对此无所惊奇。

2011 年 8 月 28 日写毕

"自由基金会" "礼赞"

20多年前曾在《读书》上读到叶秀山先生的一篇《英伦三月话读书》，谈到作者在伦敦访书的情形，并以在牛津讨论班上所见"同学"手中彼得·斯特劳森的《意义的界限》为例说明英国书价之令人咋舌的程度。2007年春夏之交，在时在佛光大学任教的张培伦兄陪同下，我来到几乎可称之为台北文化地标之一的诚品书店，并在那里平生第一次不是用人民币买了一本外文书——这本书乃是哈贝马斯的晚期弟子雷讷·福斯特（Rainer Forst）的《正义之语境》。记得培伦兄当时还感叹了一句：以大陆人民教师之"低端"收入水准，要自费购买牛津剑桥之"高端"学术产品，委实是太过离谱了。不错，对于像我这样以访书为第一要务的"访问学者"，书价乃是第一现实的问题。所谓的二手书店在这方面也并没有多大的帮助，一者熏染成习、经营有方的店主自然心知肚明于旧书之"性价比"，从而使"捡漏"之空间几乎为零——这方面的一个例子是我在 Strand 见到魏特夫的《东方专制主义》初版，本想留一册作纪念，但那近60美元的价格还是让我望而却步了；再者，在纽约这样的"世界之都"，只消把消费对象部分地定位在像我这样的过客身上，就必定已经会在相当程度上拉高书价了。

在这样的心境下，当我快要离开普林斯顿，在刚搬来Nassau 街上的 Labyrinth 书店见到定价相对"低廉"的"自由基金会"（Liberty Fund）出版物时，其欣喜之情自然就是不言而喻的了。就以奥克肖特的作品为例，牛津克拉莱登 2003 年重印的《论人类行为》索价 59.95 美元，而"自由基金会"版共计 556 个页码的增订版《政治中的理性主义及其他论文》却只需 12 美元，这个"比例"就足以说明这个基金会的出版物对于像我这样的"穷书生"之吸引力了。

话说《控制国家》是我在翻译生涯的"早期"主译的一本西方宪政史著作，记得我曾在此书的译后记中提及黄仁宇先生在《资本主义与二十一世纪》中主要从经济史角度对威尼斯和荷兰共和国的探讨可与斯科特·戈登在《控制国家》中对所谓低地国家的讨论相互比观。其实我在翻译此书题为"立宪政府的发展与十七世纪英格兰的对抗理论"之第七章时，也时常想起仁宇先生在其大著题为"英国"的第四章开篇的话："英国十七世纪的内战，是历史上一个令人百读不厌的题目。也因其事迹牵涉广泛，各种机遇错综重叠，各方面的记载细腻详尽，所以极不容易分析处理。"也许正因为我的英国史素养几乎为零——记得在翻译这章时我还特意借来蒋孟引先生的《近代英国史》作参照，我觉得戈登此书对这一个"令人百读不厌的题目"却是处理得颇为细致精到的。至少自此以后，我就一直对这个议题保持着一种质朴的兴趣。因此，当我在 Labyrinth 书店中见到自由基金会版的《为主权而斗争：十七世纪英国的政治小册子》(*The Struggle for Sovereignty: Seventeenth-Century English Political Tracts*，edited and with introduction by Joyce Lee Malcolm，1999）时，脑中跳出来的就是我当年挥汗翻译《控制国家》一书时的情景，或者反过来说，正因为当年那种磨灭不去的记忆，才让我一下子注意到了这本书！

《为主权而斗争》一书分为两卷，第一卷始于詹姆斯一世登基之初，终于 1660 年的王政复辟前夜；第二卷始于王政复辟，终于由光荣革命引发的争论。编者 Joyce Lee Malcolm 教授是一位历史学家和宪法学家，她在此书编序中开篇就有句与黄仁宇先生几乎"同曲同工"的话："一句古老的谚语说：宁为太平犬，不做乱世人 (May you live in interesting times, an old curse goes)。17 世纪的英国是个不折不扣的乱离之世。然而与大多数乱离之世不同，它并不是个黑暗时代。恰恰相反，它是一个取得伟大智识成就的时代。"这一点尤其适用于政治思想的领域，而

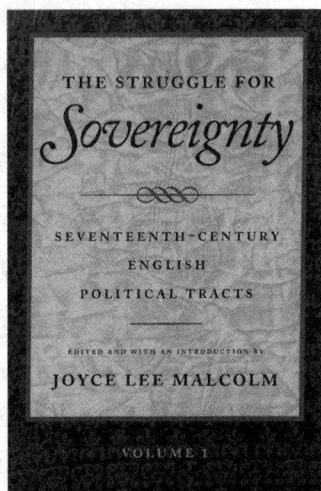

《为主权而斗争》(Liberty Fund)

如书名所示，Malcolm 教授把 17 世纪英国政治思想之核心主题界定为"关于政治主权之来源和性质的一种根本的智识论争"。Malcolm 尤其强调，在"一个声称具有一种统辖着有限君主制的'绝对'君主制王国"中，关于混合政体中的主权来源之争论不但在学者、政治家、法律家之间展开，而且在教士、政府宣传人员以及相关人士之间展开，他们"奋笔疾书、开动脑筋、下笔千言"（snatched pens，racked their brains，and wrote)，而小册子无疑是最适合这种争论之紧迫性的书写形式，这方面最显著的例子当然是"议会首屈一指的宣传家"亨利·帕克回应查理一世之《答复》的《对国王最近之庄严答复和文件的评论》，支持议会的清教史学家菲利普·亨顿的《论君主制》，以及一位匿名作者的被誉为"宪政话语成为英国人政治思想之一条主要渠道"的《政治问答集》，也称《关于这个国家的政府的某些问题，答国王之堂皇言辞》。

Malcolm 编撰此书是为了扩展广大读者对于十七世纪政治思想的一般知识，她也相信这些文本提供了"评价洛克、弥尔顿、霍布斯和费尔默之思想的一种更为可靠的语境"。在谈到此书的编选原则时，Malcolm 着重指出，这个选集将把焦点集中在所争论的问题，而不在于展现雄辩的政治写作样本。换句话说，选择文本之标准"不但在于提出对议题的最佳论证，而且在于有说服力的和简洁的论证"。还是以帕克为例，之所以在这个文集中选入他的《论船税案》一文，而不是他的其他卓越的和富有影响力的文章，就是基于这个篇章"最好地刻画了他同辈中的许多人从强加他们所谓不法之税中看到的严重宪政后果"。同样，"平等派"（Levellers）之所以被忽略，并不是因为他们不重要，而只是因为他们的文本被频繁重印，从而得之甚易。仅从此点即可看出，这个选本不但富有思想史的旨趣，而且深具文献学的价值。

"自由基金会"出版物中有一套"自然法与启蒙运动经典"，这无疑是一套大书，不过我只得到了这套丛书中普芬道夫的三本书，分别是《从自然法论人的全部责任》（*The Whole Duty of Man, According to the Law of Nature*, translated by Andrew Tooke, 1691, edited and with introduction by Ian Hunter and David Saunders, and *Two Discourses and a Commentary* by Jean Barbeyrac, translated by David Saunders, 2003)、《与市民社会相关的宗教之性状》（*Of the Nature and Qualification of Religion in Reference to Civil Society*, edited and with introduction by Simone Zurbuchen, 2002）以及《神圣的封建法：或与选民之约》（*The Divine Feudal Law: Or, Covenants with Mankind, Represented*, edited and with introduction by Simone Zurbuchen, 2002）。这其中最为中文读者"熟知"的是普氏的第一种著作，目前的"标准版本"是昆汀·斯金纳为总主编、詹姆斯·塔利为分卷主编的剑桥版，不过这个版本略去了自由基金会版中

Jean Barbeyrac 的《两个对话和一个评论》。据译者 David Saunders 介绍，普芬道夫的拉丁文著作在 18 世纪的传播在相当程度上要归功于 Jean Barbeyrac 的法文翻译、注释和评论，而且，作为一个政论家和护教学家，Barbeyrac 对于由后经院哲学的新教自然法所引发的智识争论中的一些关键问题是有他自己的观点和立场的。事实上，《一个匿名作者的意见》和另两论（《论法之所许》以及《论法所授之利益》）从 1718 年起就作为附录出现在《从自然法论人的全部责任》之法文译本的第四版中。前者实际上是莱布尼茨、普芬道夫和 Barbeyrac 的三方对话，在这场对话中，莱布尼茨作为一位匿名作者出现，普芬道夫被称作"我们的作者"，而 Barbeyrac 则以第一人称发声。这个三方对话颇有助于我们如临其境地把握这场关于自然法的早期现代争论之智识氛围。

最后还是要回到我前面提到的奥克肖特，我所收的自由基金会版的奥氏作品，除了《政治中的理性主义及其他论文》，还有《论历史及其他》（*On History and Other Essays*, foreword by Timothy Fuller, 1999）以及《霍布斯论公民联合》（*Hobbes on civil Association*, foreword by Paul Franco, 1937/1975），不过装帧最为雅致、其内容也给我留下最为深刻印象的却是一册我初见之下不知怎样翻译书名的 *The Voice of Liberal Learning*（foreword and introduction by Timothy Fuller, 2001）。此书其实并非自由基金会首版，而是根据耶鲁大学出版社 1989 年的版本重印的。据奥氏的学生 Timothy Fuller 在为自由基金会版所撰序言中介绍，他是在 1987 年动念编辑这个选集的，其时，阿兰·布鲁姆的《走向封闭的美国精神》和赫希（E. d. Hirsch）的《文化这回事》分别登上《纽约时报》畅销书的前两名，支配了关于美国教育问题的争论。

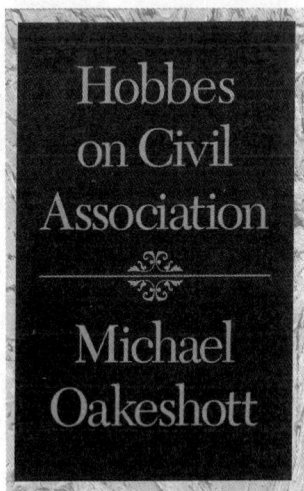

《霍布斯论公民联合》
奥克肖特（Liberty Fund）

Fuller 和他的出版人认为，把奥克肖特论述教育问题的文字编为一帙面世，能够为关于教育的争论提供一种不同的和补充性的视角。

　　行笔至此，我不禁想起在去年的博士生面试上，我问一位硕士论文做奥克肖特的考生这样一个问题：在目前中文政治哲学以至更为宽泛的公共领域的讨论中引入奥克肖特的思想"资源"具有怎样的意义？大概由于这位考生面对我的"劈头一问"过于紧张，没有能够领会我的"微言大义"。而话说我虽非奥克肖特的研究者，但貌似在这个问题上，竟确是有"不已于言者"，这却是要稍费周章才能说明的。

　　大概是 2009 年的 9、10 月间，我收到高雄中山大学曾国祥教授寄赠的《主体危机与理性批判：自由主义的保守诠释》一著。国祥教授从奥克肖特任教过的伦敦经济学院以关于奥氏思想的研究取得博士学位，此书汇集了他在政治思想史和当代政治哲学研究上的九篇论文，而其基本的宗旨和归趣——用作者自己的话说——乃是从"一位奥克肖特主义者"的立场对保守主义的"正本清源"，提出所谓"哲学的保守主义和实践的自由主义"。特别引起我注意的，乃是此书中有一篇题为《教育典范与国家形态：奥克肖特思想中的自由与自我》的文字，这可能是汉语学界对奥克肖特之教育思想仅有的系统论述——作者在文中采取陆有铨所译赫钦斯（R. M. Hutchins）《民主社会中教育上的冲突》的译法，把liberal education 一语译为"博雅教育"，于是奥克肖特前述的那本我不知如何翻译书名的书可译成《博雅学习的声音》。作为中文世界极少数的奥克肖特专家，国祥教授论述之绵密和精深自不待言，不过令我感到稍有憾意的是作者通篇中竟未有一处使用"古今之争"一语。记得是两周前，一位我相交甚久的近年名声颇振的法政哲学学者来本校参加一个有关苏格兰启蒙运动的学术会议，由于这位学者正在京中某校司职"博雅教育"，我于是请问他对这个议题的见解。我的这位朋友一向"阶级斗争觉悟"甚高，于是一语道破"天机"：大体"博雅教育"有偏重文史，也有偏重法政的；就国内格局而言，大体前者是反现代性的，后者是现代的——或者用他近年雅好使用的一个词，就是早期现代的。我在这里并不想用我在其他场合"批评"他时用过的 self-severing 一语来批评他，我只是想起了，如果 Fuller 在为自由基金会版的《博雅学习的声音》所撰序言中所谓奥克肖特要在"无远弗届的抱负"（progressive aspirations）和"亘古不变的真理"（perennial truth）之间走出"第三条道路"的说法所言非虚，那么奥克肖特的"博雅学习"乃正是"不古不今"的！

从文化政治到政治文化

　　从某种意义上说，"按图索骥"——按照事先开列好的书单去"手到擒来"不是完全取消了至少也在相当程度上减少了访书的乐趣，特别是如果我们把这种乐趣主要界定为如"艳遇"般的总是有"意外之喜"的"不期而遇"。

　　虽然一个中国学者或许总是会对《文化绝望的政治》这样的书名感到"似曾相识"，但老实说，以研究"德意志意识形态"著称的哥伦比亚大学老牌历史学家弗兰茨·斯特恩（Fritz Stern）的工作长期以来并不在我的视野之内。不过也许正是拜自己生长于斯教养于斯的文化为我们"塑造"的"敏感"所赐，当我 2008 年 4 月在 Labyrinth 的书架上见到斯特恩的这本书（《文化绝望的政治》*The Politics of Cultural Despair: A Study in the Rise of the Germanic*

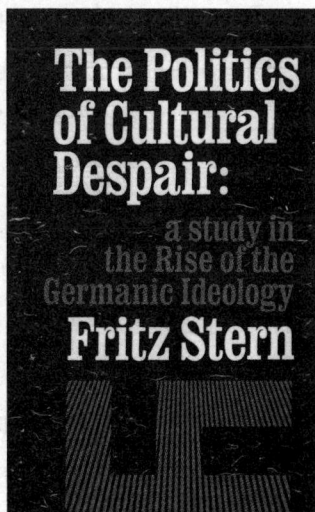

《文化绝望的政治》斯特恩（California）

Ideology，University of California Press，1974/1989）
时，就仿佛自己的某根神经受到了猛然触动，于是同一
个架子上的《非自由主义的失败：论近代德国政治文
化 》（*The Failure of Illiberalism: Essays on the Political
Culture of Modern Germany*，Columbia University Press，
1992（originally published by New York: Knopf，1972））
也"顺带着"被我收入行囊中了。说起来，我对于"德
国问题"之"关注"既不是由于高全喜兄"中国问题就
是德国问题"之"高论"的"误导"，当然也不是从在
异国他乡"邂逅"斯特恩的著作后开始的。事实上，有
关德国史的中文译品，从梅尼克《德国的浩劫》到最近
温克勒的《永远活在希特勒的阴影下吗？》都是在第一
时间就被我关注和阅读的。也记得在《批判的踪迹：访
MIT 出版社书店》一文中，我曾经"自曝"："我虽不专
事德国哲学研究，批判理论也非我所长，但从大学时代
开始，我就一直对它们有持续的关注。"在我后来"阴差
阳错"地有机会翻译与哈贝马斯亦师亦友的韦尔默之著
述时，我就注意到，他在《法兰克福学派的当今意义：
五个提纲》一文中谈到以阿多诺和霍克海默为代表的
"西方"马克思主义在战后德国智识和舆论界的几乎"一
枝独秀"的地位时，曾经颇为动情地说："从对于联邦共
和国的文化影响上说，阿多诺不只是一位受人尊敬的批
评家和哲学评论家，还是在反动政治的损害之后恢复德
国文化传统的本真性，并使之进入在道德上受到困扰、

其认同被动摇的战后一代人意识之中的第一人。就仿佛被纳粹驱逐出去的这些智识人的全部努力都是为了维护德国的文化认同。阿多诺再一次使德国人用不着在智识上、道德上和美学上仇视康德、黑格尔、巴赫、贝多芬、歌德或荷尔德林。就这样，阿多诺在赋予'另一个德国'以正当性上比任何人做得更多，而这个词本来常常是带着抱歉的口吻使用的。"

在经历了与形形色色的前现代主义、后现代主义特别是所谓"决断论"（decisionism）与"机缘论"（occasionalism）的毕生奋争之后，哈贝马斯最终把现代性规范内涵之锚泊定在它的政治维度上，这尤其表现在作为《在事实与规范之间》之附录发表的《公民身份和民族认同》以及此后的政治哲学文集《包容他者》和《后民族的格局》中。按照童世骏教授的阐释，哈贝马斯所有这些论著集中围绕的一个问题就是怎样理解现代社会的集体认同问题，在区分了"以建制为中心"的集体认同观、"以文化为中心"的集体认同观（如中国近代的文化民族主义）和"以人格为中心"的集体认同观（如中国近代的种族民族主义、或许还可以包括世界主义）之后，童教授还着重指出，在对理解这个问题至关重要的政治文化概念中，至关重要的又是这样一个区分，即与政治物相关的文化与以政治的方式做成的文化之间的区分。确实，对于一方面要重新回到西方（温克勒的代表作即为两卷本的《迈向西方的长路》），另一方面又要保持德国文化认同之本真性的柏林共和国来说，这个区分的重要性是怎么强调都不会过分的。

话说回来，虽然 Constantin Frantz 早在 1866 年就有言："德国问题是整个近代史上最难解、最纠结和最全局性的问题"，而 Frantz 此语也曾在 1945 年被 Wilhelm Röpke 用作他关于德国问题的同名文章之题铭，但在我有限的"视野"中，最明确地标举"德国问题"的仍然是在 1990 年《东欧革命反思录》中指陈"1989 年的意义不在于一种特定的制度战胜另一种特定的制度，而在于'开放社会'战胜'封闭社会'"的德裔英籍社会学家达伦多夫。虽然达伦多夫早早就退出了德国社会学界，移居英伦并以殊荣终老"日不落帝国"，但从学理深度和精神气质上，他可谓哈贝马斯终生的"对手"和道友。1965 年出版的《德国的社会和民主》（Ralf Dahrendorf, *Gesellschaft und Demokratie in Deutschland*，R. Piper & Co. Verlag，München，1965；英文版由作者本人翻译：*Society and Democracy in Germany*，1967，first published as a Norton paperback，1979）一书第一部分就题为"德国问题"。我是在前节提到过的普大那家二手书店和威尔第的《弄臣》还有王尔德的配有比雷兹亚插图的《莎乐美》一起发现达著的这个英文版的。记得收完此书后带着一种无比满足的心情在校园内闲逛，还在哲学系和人类价值中心所在的 MARX HALL 附近遇到了佩蒂特教授，由于"无话可讲"，我只好从背包里拿出此书向他"炫耀"，引得他频频点头，并露出一丝爱尔兰人"狡黠"的微笑。

毫不令人意外地，达伦多夫在此书中不时把自己的工作与托克维尔之论美国的民主相比照，他简洁明快地把德国问题理解为德国的民主问题，不过颇为耐人寻味的是，在此书德文版的序言中，达伦多夫写道："我们所谓民主，与托克维尔所指稍有不同，是自由派的（liberté）民主，而不是平等派的（égalité）民主，是一个自由主义的政治社会，而不是一个平等主义的社会。"在这篇序言中，他还特别指出："任何试图对他自己的社会提供一种根本和全局性解释的人都必须有对他的日常生活世界的某种超离。"在此书美国版的序言中，他特别感谢了他的朋友斯特恩，并称后者对他的影响几乎是"无所不在的"。而在我看来，斯特恩对达伦多夫的影响主要还是体现在他对于"非政治的德国"（unpolitical German）的分析中。达伦多夫引用斯特恩的话："我认为非政治的德国既是德国偏离西方及其持续的政治失败的原因，同时也是其结果"，并把这种非政治的态度分别称作"浪漫（派）的态度"、"从政治中逃离的政治态度"（a political attitude of retreat from politics），而在国族（nation）形成之后，知识分子的这种浪漫态度则在所谓文化悲观主义中得到了最好的表达。德国的"持续的政治失败"诚然不可与中国的持续崛起相提并论，不过我们却仍然可以从时下流行的文化政治论中辨认出构成德国问题主要病灶的"非政治的态度"之凝重魅影。

文化政治论是目前中文世界一种颇为"显赫"的、兼具"感召力"和"蛊惑力"的 Approach（取经），其实它的要害正在于不满足于成为一种 Approach，而是要成为一种 Narrative（叙事），而且是 Metanarrative（无叙事）或 Grandnarrative（大事记）。思之再四，我在这里忍不住还是要提及 2007 年 4、5 月间在南港"中央研究院"与华文政治思想史界之翘楚萧高彦先生的一次聊天。萧教授在那次聊天中谈到他早年的求学历程，谈到美国政治理论界的种种"秘辛"，谈到他最为精到的共和主义政治思想研究，也谈到他对当前的文化政治论的某些观察，所见洞若观火，所论胜义纷披，不过"口说无凭"，还是让我引用他的"白纸黑字"吧——在"尝试结合卢卡奇所提出的马克思主义整体辩证方法以及施密特所标举的右翼民族主义国家至上的实质政治价值"的"此种政治浪漫主义式的结合中，后者取得了主导优势，使得'普遍性的自我调解'分析观点超越'整体主义'的重要性，并放弃了马克思主义传统的辩证发展取向，通过尼采价值哲学的右翼诠释来克服普遍主义"。于是，关键似乎仍然在于文化政治论的这种"用'进入西方'的方式，来'回到传统'"的论述策略背后所要"进入"的"西方"，到底是什么样的西方。说到这里，我想起了两周前的启蒙会议结束的晚宴上，并未参加会议的我最终还是与高全喜兄和冯克利教授同席，酒至半酣，未免又是要

"指点江山"一番，在全喜兄难得一见的倾听心态之"激发"下，我不禁像刘东教授在哈佛费正清中心那样"放胆"言道："'切切不可以进入西方复杂性之名，行将西方简单化之实'，这话可只有我说得出，也只有你老兄听得懂哦！"不想我话音刚落，坐在全喜兄旁边的克利教授连忙说："俺也听得懂！"

今年6月，我主持了一位我誉之为何兆武先生之后、冯克利先生之前最重要的西学翻译者、同时也是一位思想者和著名知识分子的学者在浙大的讲座。在讲座的最后，我引用了牟宗三先生"国家没有气节之士，此国家之洪福"的说法，我也引用了哈贝马斯1985年在慕尼黑市政厅接受一个学术奖时说的"国家必须拥有知识分子，这是国家之洪福"这句著名的话。哈贝马斯的访问者民主德国哲学家克鲁格认为这句话是在呼应布莱希特的《伽利略》中这句著名的台词："国家没有必要拥有英雄，这是国家之洪福"。值得注意而且意味深长的是，这次著名的访问是在东西德的两位哲学家之间展开的，时间就是在哈贝马斯所谓"追补的革命"之前夜。也记得在本人的某次讲座的最后，我也曾经引用一位著名的艺术批评家约翰·伯格在他的《观看之道》中的这样一句话："一个被割断历史的民族或者阶级，它的自由选择和行动的权利远不如一个始终得以把自己置于历史之中的民族或阶级，这就是为什么——这也是唯一的理由——所有的古代艺术问题到现代会成为一个政治问题。"而我现在想起的却仍然是在我前面引用过的、在我自己为时甚短的政治哲学"研究"生涯中发挥塑造性之功的韦尔默的话：

> 要给出非正义的尺度并不是件简单的事：对文化和宗教的统一性的破坏和对传统的破坏无疑是一种伤害；另一方面，在我看来，没有这种伤害就不可能在全世界形成自由和民主的共识，这也是无可争议的。如果我们在此能够——从自由主义民主的角度——给出区分'正义的'和'非正义的'伤害的公式，那我们就能安心了。甚至要给出这样的公式也不难，它可以是：在政治道德的立场上，民族的、文化的或宗教的集体认同可能是某种倒数第二位的东西。保持认同的要求要受到一种所有人都有义务实现的善的制约，即要受到一种保障人权的秩序正义的制约。这种正义只有在自由主义的、民主和社会主义的公民权在世界公民社会得到实现的时候才是可以想像的，唯有自由主义、民主和社会主义的公民权的实现（如果它有一天发生的话）才可能保护特殊的传统和文化认同，使其免遭暴力破坏。

当然最值得重温的还有已故的达伦多夫勋爵 1965 年在《德国的社会与民主》开篇的话：

有一种实验的态度，它允许任何人提出新的解决方案，但拒斥对真理的任何独断的宣称；有一种自由的怀疑，它试图在掌权者周围筑起藩篱，而不是为他们铺路架桥；有一种竞争的精神，仅当有一种为在每个领域中出类拔萃的奋斗，这种精神才能导致进步；有一种自由的观念，它坚持认为，只有当对知识的一种实验的态度与社会力量的竞争和自由的政治制度结合在一起时，人类才有可能是自由的。

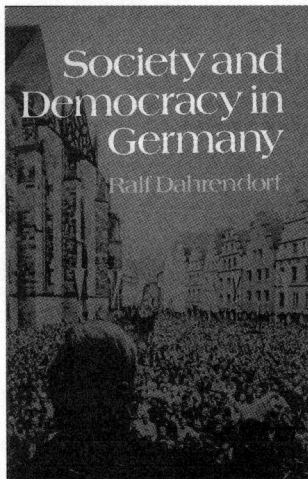

《德国的社会与民主》达伦多夫（Norton）

以及 25 年后《东欧革命反思录》中的这句：

自由与奴役之间的选择是一清二楚、非此即彼的；它并没有为那些想回避作出选择的软弱灵魂提供中间地盘。

2011 年 12 月 11 日，写毕

古典·革命·风月
——北美访书记（下）

"罗尔斯书店"

　　我刚到波士顿时，时在哈佛访问的、此次负责全程"接待"我的张国清兄就兴冲冲地告诉我，哈佛广场附近有家"罗尔斯书店"，里面陈列了蒯因和罗尔斯生前的藏书，他估计我一定会有兴趣，并"慷慨地"说好第二天带我去"观摩"。于是次日近午时分，我们就一起坐车路过其时还没有成为故居的丹尼尔·贝尔（国清曾是赵一凡和丁学良的这位丹老师的译者）的"故居"，接着穿过有些熙攘的哈佛校园，来到了这家书店。

　　国清兄所谓"罗尔斯书店"，其实也就是一家规模中等的旧书店，只不过里面"寄放"了蒯因和罗尔斯生前的用书，我们不清楚这些书是以怎样的方式流转到这里的，总之既然放在了书店，就不是非卖品，而其价格却非我们这类"访问学者"所能承受的了。大约因为我的"名气"本就没有国清大，我对名人遗物的"癖好"也就并没有那么"浓烈"，于是这类书之于我也就只有随便翻翻的"效用"和"趣味"了。大概由于蒯因和罗尔斯两位本就并非什么"文人雅士"，而只是"普通的"学者和大学教授，或者因为彼邦之历史实在太过"短暂"，以致无书可藏，这两位的"藏书"确无甚足观者。翻阅久之，我在一本显然是罗尔斯仔细阅读过的逻辑书中看到他对于一个明显属于排印错误的逻辑符号的修改，于是连忙唤国清一起"欣赏"，他脸上却"照例"露出一脸茫然的憨厚神色，而这个"发现"却是翻看罗尔斯这批藏书给我的最大"收获"了。记得当时还曾"发愿"写一篇题为《真理与正义的追寻》的访书记以记其事，后来自然也是不了了之了。其实我只是想说，"真理"（蒯因一本晚年著作题为《真理的追求》，王路教授力主译为《真之追求》，"理由"见他的《是与真》）和"正义"（我想起我翻译过的一本远非一流的著作中出现过的一个题铭："尽管'正义'一词在《正义论》中出现了上千次，《正义论》这部著作却与正义无关！"）实在不但是西方哲学，而且是全部哲学的两大基本主题，这个说法"脱胎"于我在为本科生讲授哲学史时，受到《自然权利与历史》的"启发"，曾尝试把"自然"与"公正"作为西方哲学"历久弥新"的两大主题。在理解这两者的关联中，把蒯因和罗尔斯放在蒯因发其韧的"后实证主义"语境中一并加以讨论就实在是件颇富理趣的事，例如他们两位共同的朋友德雷本教授的那篇收入《剑桥罗尔斯指南》的文章似乎就应作如是观。虽然所谓"后实证主义""转向"是施太格缪勒《当代哲学主流》下卷的"点睛之笔"甚至"重头戏"，但是20世纪哲学的这一"大事因缘"在中文世界却一直没有得到足够的重视，这不能不说已经在相当程度上影响了我们对于罗尔斯的理解，例如目前仍然时常可见的对后者的那些"质朴"得有些过分的但其实是毫不相干的"批评"。说到这里，我想起了江天骥先生多年前的一篇关于美国哲学的文章，他在那里列举了美国三个最重要的分析哲学家：蒯因、克里普克和罗尔斯！

话说回来，我还是必须承认，这家被国清"擅自"命名的"罗尔斯书店"无论就其环境、店员的素养以及书籍的"含金量"而言，都确实是我所逛过的旧书店中最有品位的一家。我在其中淘到的"闲书"，除了沃格林的《科学、宗教和诺斯替》（Eric Voegelin, *Science*, *Politics and Gnosticism*, Gateway Edition, 1968），还有肖勒姆的《从柏林到耶路撒冷》（Gershom Scholem, *From Berlin to Jerusalem*, *Memories of My*

《科学、宗教和诺斯替》沃格林

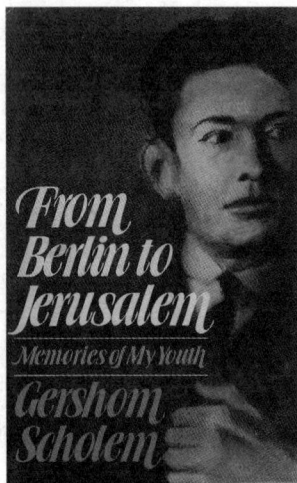

《从柏林到耶路撒冷》肖勒姆
（Schocken Books）

Youth，Schocken Books，1980）和西班牙哲学家加塞特的《论爱》（Jos Ortegay Gasset, *On Love…Aspects of a Single Theme*，Cape Editions，1967）。更为难得也难忘的是，好像那天店中从头至尾也就是我和国清两位顾客，看我席地而坐、"坐拥书城"的样子，一向"善解人意"的国清大概确是不忍再打搅我，于是非常"识趣"地撇下我、赶回他的住所写部落格去也！

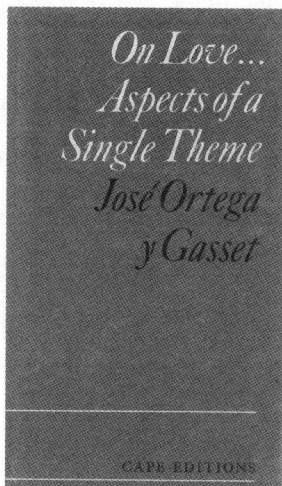

《论爱》加塞特（Cape）

在"乌鸦书店""站岗"

"千万不能为别人站岗，而要别人为自己站岗"，这个"理论"是吾小友国清在世界一流大学勇攀学术高峰的同时辛苦研究国内股市数月得出的，但正如专程从罗德岛赶来波士顿看我的刘擎的夫人（这个"的"字不可少，专程来看我的是刘擎，当然他夫人也顺便看了我，而我也顺便看了他夫人，同时他们也顺便在波士顿看了《色戒》）指出的，站岗的人总是最后一个知道自己在站岗（非她原话，我引申一下，我擅长干这个活儿）。

哈佛附近有一家乌鸦书店（Raven Bookstore），每一次买十元以上的书可得一只乌鸦，得第十只乌鸦的那次消费可打8折，那天经国清嘀咕，老板同意给我打折，打完后我付出440美元。回住处后，我一边啃着国清亲手烹制的美式兼美味牛排，一边拿出LIST研究，发现头三四笔并未打折，茫然以问国清，其答以打折规则（他已得了6、7只乌鸦），并恍然大悟：原来我为你站岗了。我答：我也站岗了，而我这是为自己站！但由于我事先并不知打折规则，于是刘夫人的妙论和国清的"理论"同时得到了"光辉的"验证。

一目了然地，除了也有像《自由主义与现代社会》（Richard Bellamy, *Liberalism and Modern Society*, Penn

State Press，1992)、《早期现代自由主义》(Annabel Patterson，*Early Modern Liberalism*，Cambridge University Press，1997) 这类书，与"罗尔斯书店"有些"反讽"地让人感到如饮醇酿的"古典"趣味形成对照，眼前这家乌鸦书店的"品味"和"倾向"还是相当明显的，这从它大量供应的 MIT 那套"当代德国社会思想研究丛书"、特别是法兰克福学派的著作就可以看出来，我还在其中得到了卡尔·波普的德国"门徒"和"同道"汉斯·阿尔伯特 (Hans Albert) 的《论批判理性》(*Treatise on Critical Reason*，trans. By Mary Varney Rorty，Princeton University Press，1985)。不过最令我难忘的还是要数韦尔默的成名作《批判的社会理论》(*Critical Theory of Society*，trans. By John Cumming，New York: Herder and Herder，1971)。我对于这位作者的特殊"情结"就无须在这里再次饶舌了。引起我注意的是此书腊口上的内容简介："法兰克福学派的一位主要的社会哲学家阿尔布莱希特·韦尔默在此书中试图把批判理论带出它的政治孤立 (political isolation) 并使之进入现代社会科学

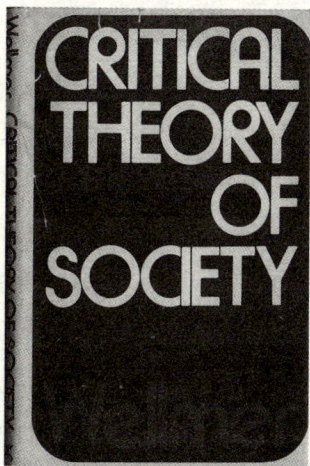

《批判的社会理论》韦尔默（Herder）

的主流。以对于资产阶级哲学的一种批判开篇，韦尔默继而指控马克思和马克思主义有一种实证主义的倾向，这部分解释了它后来的机械论和全权论的蜕变。虽然这种观点在非马克思主义者和反马克思主义者中间是司空见惯的，但它来自一位在马克思主义传统内部工作、而不是抛却这种传统的作者，却是格外富有刺激性的。"的确，法兰克福学派的政治定位一直是一个颇有争议的问题，这个问题不但从这一学派的发端和奠基之始就已经出现，如果我们考虑到这个学派内部的某种程度的异质性和它的历史发展，以及当前国际国内特别复杂的"阶级斗争"形势，就更有理由认为这似乎是一个难以一概而论的复杂问题。而在法兰克福学派从第二代向第三代的过渡中，韦尔默无疑是最显著地表现出与自由民主传统之亲和性的一位非常有代表性的人物，这尤其见之于我和罗亚玲博士合作编译的《后形而上学现代性》以之为蓝本的同样列入前面那套丛书的《残局》（*Endgames*，MIT Press，1992）这个文集中，而其最初的"源头"却正是我在"乌鸦书店""站岗"时淘到的这本书中。

颇为令人兴奋并产生某种复杂意绪的是，除了得到我最早从中"邂逅"韦尔默那篇《现代世界中的自由模式》的《伦理学和政治学中的解释学和批判理论》（*Hermeneutics and Political Theory in Ethics and Politics*，ed. By Michael Kelly，MIT Press，1989/1991）一书，我还在这家店中得到了克里斯蒂娜·娜丰（Cristina Lafont）

的《解释学哲学中的语言学转向》(*The Linguistic Turn in Hermeneutic Philosophy*,trans. By José Medina,MIT Press,1999)精装本。我最初是从林远泽博士关于商谈伦理学(林博士译为"对话伦理学")的论著中知道有这本书的,记得 2007 年在佛光大学访问时还应林博士之邀在他其时任教的中坜中央大学作过一个讲演,而我给他的"回报"则是请他为我复印娜丰的这本书!

波士顿盛宴

N 年前曾在《万象》上看到刘小枫一篇题为《施特劳斯：政治右派的帝王师》的小文，其中提及施特劳斯的保守主义思想在美国学界激发的"反驳的"精神取向，这种取向致力于重新解释美国的立国原则，他们反驳美国国父们依据近代自由主义政治原则立国的习传说法，主张美国的立国原则植根于西方精神的大传统，尤其是希腊、罗马的古典政治理念，而他们心目中的"新雅典"正是波士顿——美国的"文化之都"。

其实我在这里用"盛宴"这个词，从某种程度上当然是一种夸张，我既没有当"电灯泡"和刘擎夫妇去波士顿看《色戒》，在波城停留的时间也很短，其中一整天在 MIT，波士顿城里的旧书店就去了两家，而且匆忙中连书店的名字也没有记下。

一个最显著的感受是，和纽约 Strand 那种"磨刀霍霍向牛羊"的几近"宰人"的"定价体系"相比，波士顿的旧书价格无疑是比较正常和理性的，虽然同样一套耶格尔的《潘迪亚：希腊文化的理想》在波士顿城里还是会比例如哈佛附近的旧书店稍高一些，但那也是在"误差"的范围之内。

我在波士顿淘到的旧书并不多，但其品质却明显"更上层楼"。最值得一记的这样四本书：休梅克的《自我知识和自我同一性》（Sydney Shoemaker, *Self-Knowledge and Self-Identity*, Cornell University Press, 1963, 1964），波考克的《马基雅维利时刻》（John Pocock, *The Machiavellian Moment: Florentine Political Thought and the Atlantic Republic Tradition*, Princeton University Press, 1975），吉尔松的《中世纪基督教哲学史》（Etienne Gilson, *History of Christian Philosophy in the Middle Ages*, Random House, 1955），罗尔斯的《正义论》（初版，1973 年第六次印刷本）。前两本书是在波士顿一家教堂附近的地下书店中发现的。记得我曾在《津门纪行》的一个注释中"豪言"："正是这两部书维系了我前后两个阶段的学术生涯"。其实我在做关于斯特劳森的博士论文时，确曾留意过休梅克的工作，但其实是连他的这本代表作品都没有找到过。至于波考克的书，虽然我早就有了复印件，但也并未仔细拜读。印象最深的是，一次我在普大的 Friend Centre "自习"累了，

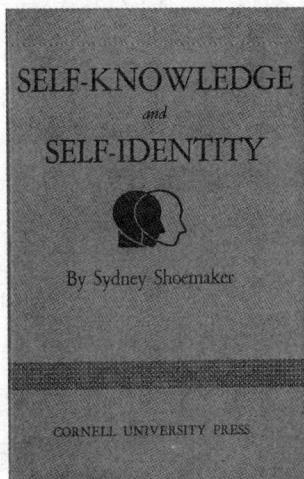

《自我知识与自我同一性》休梅克
（Cornell）

就到与之只有一墙之隔的普大出版社转悠，除了赫希曼的《激情与利益》的纪念版，最吸引我的还是要数橱窗里陈列着的《马基雅维利时刻》了，那种几近"瞻仰"的心情至今记忆犹新；于是想起不久前在杭州遇到此书的中译者冯克利教授，我问起他翻译这本书的感受，他

《马基雅维利时刻》波考克（Princeton）

感叹说："这确实是我译过的书当中最难的。"吉尔松的书则"无足深论"——主要是因为我对此学门的学养几乎为零，让人难忘的是此书的价格，厚达829页、标明OP（out print）的精装本仅索价十美元！

不过最值得我在此书写一笔的仍然还是在波士顿一家不知名的旧书店见到的绿皮书——罗尔斯的《正义论》。"说来话儿长"，记得我是在此书中译本刚出版不久就在杭州解放路新华书店"邂逅"它的，那时我大学还没有毕业，大概是在假期回杭州时"习惯性地"到的这家书店；我此前也应当还不知道罗尔斯是何等人物，近五元的价格对那时的我来说其实也并不"菲"，但我还是在稍作犹豫后就把这本书收入囊中了，而把厚厚的一卷

书放在手心，那份"简洁的凝重"却至今难以忘怀。到上海社科院读书后，我才真正见识了此书的原版，那是从其时位于万航渡路的院图书馆借到的，我估计此书也是我的导师、长期担任社科院图书馆选书委员会成员的范明生先生选购来的。2007年4、5月间，我在台大门口的一家专营教材的小书店闲逛，除了帮我过去的学生孟军寻觅到亨廷顿《军人与国家》一书的台译本，还在书架上见到数十册罗尔斯《正义论》修订原版。店主见我在罗尔斯的学生斯坎伦作序的那书上摩挲良久，以一种我此生唯一遇到过的"慷慨"对我说："这书很多，送一册给你吧！"其时我不好意思说的是：如果此书是那个令我"梦萦神绕"的绿皮本，我该早就下单了！

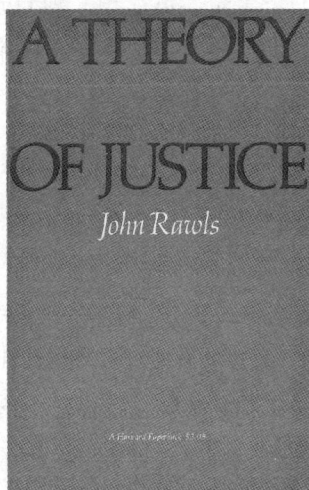

《正义论》罗尔斯（Harvard）

语言分析之余韵

语言分析哲学乃是我的"旧业",虽然我"掉队"已经甚久了,但无可奈何地,这个议题仍然是我一直以来从未"忘情"也未能彻底放下的。

2007年5月,结束在佛光大学的课程以及全部行程,即将从宜兰回杭州的前一天,我忽然惦记起在诚品书店见到却没有买下的斯科特·索姆斯(Scott Soames)的《二十世纪的哲学分析》(*Philosophical Analysis in the Twentieth Century*, Princeton University Press, two volumes, 2003),于是"情急中"通过邀我访台的张培伦兄转托那天要去台北的某位我班上的同学特意去到那家诚品店为我找来了那套书。我至今记得在佛光的最后一个清晨,站在我"下榻"的礁溪林美山上可以俯瞰兰阳平原甚至太平洋的佛光香云居(教工楼)前,培伦把索姆斯那套书交到我手里时眼中那有点儿"异样的"神色!

"路径依赖"在访书者而言大概是某种颇为切身的体验,一般而言,人们总是会去找自己已经有某些了解的书,也往往会把注意力更多地集中在知名作者上——连"好学不倦""博闻强记"如我者亦难称例外。不过,说来有些"神奇"的是,虽然我并没有一开始就想清楚要

"找"和"补"哪些书，而且逛的多是旧书店，但在目前这个议题下的书竟也"阴差阳错地"自成一个小小的"谱系"。

弗卢编的《逻辑和语言》两卷集（*Logic and Language*, first and second series, ed. By A. G. N. Flew, Basil Blackwell, 1951, 1953），我是在做博士论文期间知道这本书的，虽然我并不清楚它一共编了多少集，但我认为此书在"学科史"上的"地位"似乎有点像拉斯莱特和他的学生昆汀·斯金纳等人编的那套《哲学、政治与社会》。《逻辑和语言》实在堪称牛津哲学之最精美"橱窗"，这两集的作者就包括赖尔、奥斯汀、哈特、魏斯曼、维斯顿、皮尔斯、厄姆森、沃诺克，还有更为老牌的摩尔以及更为"新进"的澳洲哲学家斯马特，以及后来成为八卷本《哲学百科全书》主编的保罗·爱德华思。不过现在重新把它放置在眼前，我注意到的却是这两卷书的题铭，第一卷的来自洛克《人类理解论》："如果观念和词语被给予清楚的衡量和充分的估量，它们就会为我们提供另一种与我们迄今所熟知的不同的逻辑和判准"；第二卷的来自休谟《人类理解研究》："一个哲学家虽然可能远离实际事物而生活，但哲学的精神如果由一些人细心地予以培养，必定能逐渐普及到整个社会，使各种艺术和职业都同样地趋于正道"。

厄姆森的《哲学分析：两次世界大战之间的发展》（*Philosophical Analysis: its Development Between the Two*

World War，Oxford University Press，1958）也是我做博士生时复印的书，我是在纽约 Strand 得到这本书的，索价 15 美元；而我在"罗尔斯书店"得到的奥斯汀的《感觉和可感物》(*Sense and Sensibilia*, Oxford University Press，1962)，是十分雅致的牛津精装小开本，却仅要 8.5 美元。我还在"罗尔斯书店"得到了魏斯曼的《语言(学) 哲学原理》(*The Principles of Linguistic Philosophy*, edit. By R. Harré, ST Martin's Press，1965)。颇有意思的是，我从最近出版的中译《维特根斯坦传：天才之为责任》中得知，此书实际上源于与维氏的一个合作著述计划，在几经转折成稿后，后者却取消了这个合作计划，而随着维氏遗稿被完整地整理出版，魏斯曼的书已经在相当程度上失去了它原有的文献价值。被罗蒂认为最早提出"语言学转向"一语的古斯塔夫·伯格曼 (Gustav Bergmann) 的《逻辑实证主义的形而上学》(*The Metaphysics of Logical Positivism*, Wisconsin，1954) 也是在这家书店得到的。而在我回国前刚刚出版的格洛克的《什么是分析哲学？》(Hans-Johann Glock, *What is Analytic Philosophy*, Cambridge University Press，2008) 则已经完全是在英美哲学和大陆哲学沟通和融合的背景中来讨论问题的了。与此风格十分类似的一本最近的著作是 James Chase 和 Jack Reynolds 的《分析的与大陆的：关于哲学方法和价值的论证》(*Analytic versus Continental: Arguments on the Methods and Value of*

Philosophy，Acumen，2011），不过这书我是上个月从学校图书馆的书展上咬牙用人民币买下的。而《什么是分析哲学？》给我印象最深的则是封面上六位哲学家的肖像，分别是弗雷格、罗素、维特根斯坦、卡尔纳普、蒯因和斯特劳森。

忘记从何时开始，我对于匹兹堡新黑格尔主义者产生了很大的兴趣，早早地就从北图复印了麦克道尔的《心灵与世界》和布兰顿的《头头是道诸理由》（*Articulating Reasons: An Introduction to Inferentialism*，Harvard University Press，2000），我甚至一度"幻想"过到匹兹堡随麦克道尔做研修，正如我五年前在杭州教工路上那家现已不知生死的新民书店门口用短信对童世骏教授"倾诉"和"表白"："如果我年轻十岁，我打算到卑尔根求学！"其时我正在动员童教授把他老师希尔贝克的中文寿庆文集《时代之思》放到我们的"哲学的转向：语言与实践"丛书中！不过布兰顿的那部大书《使之澄明》（*Making It Explicit: Reasoning*，*Representing，and*

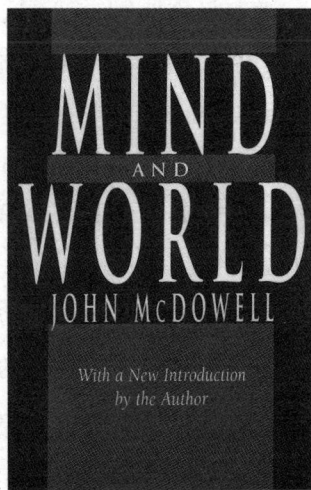

《心灵与世界》麦克道尔（Harvard）

Discursive Commitment, Harvard University Press, 1994）却是"厚实"到无法复印、复印了无法装订、装订了也无法看的。也算是"上天眷顾"，我竟然在"罗尔斯书店"见到了《使之澄明》平装本，厚达741页，索价仅8.5美元。当我回到提前退场的国清兄的住处拿出

《使之澄明》布兰顿（Harvard）

此书向他"显摆"时，他先又是一脸茫然，接着就"嘟囔"道："这家店我去了好多次，怎么没见这个书？"

"把最好的留在最后"（这是我二十年前听过的一位美国小姐的上榜歌曲），在我淘到的所有这一类书中，最令人难忘、也最有"收藏价值"的还是要数这三本书：冯赖特的《善之种种》（Georg Henrik von Wright, *The Varieties of Goodness*, The Humanities Press, 1963）、塞拉斯的《科学、知觉和实在》（Wilfrid Sellars, *Science, Perception and Reality*, Routledge and Kegan Paul, 1963/1968）以及内斯的《怀疑论》（Arne Naess, *Scepticism*, The Humanities Press, 1968），这三本都归属于著名的"哲学与科学方法国际图书馆"（International Library of Philosophy and Scientific Method），大概也是

从同一位读者手中流到 Strand 的，而那既古典凝重又时尚绚丽的大红精装版式竟让我有"似曾相识"之感，待细检"图书馆"书目，发现梅洛·庞蒂的《知觉现象学》赫然在目，而这书却是我在上海社科院念书时就从万航渡路院图书馆借过的，当时既未展读，这么些年过去了，留在我脑海中的自然也就只有那一抹红了。不过，Strand 标价员眼光之"毒"从这三书的价格"排序"即可见一斑：35，25，20，当然是美元！

记得大概是罗蒂曾经说："塞拉斯把分析哲学从休谟带到了康德，而布兰顿则把分析哲学从康德带到了黑格尔。"被哈贝马斯誉之为"其在理论哲学上的地位可与《正义论》在 70 年代早期实践哲学上的地位相提并论"的《使之澄明》是题献给塞拉斯和罗蒂的，除了布兰顿自觉的"谱系"意识，我们还真不得不感叹哲学家之间的这种"投桃报李"行为！

另类哲学史

　　"哲学是哲学史的总结，哲学史是哲学的展开"，老黑格尔如是说。康德也曾经感叹哲学特别是形而上学的进步与日新月异的科学相比实在是过于让哲学家们汗颜了。20世纪哲学的语言学转向是哲学史上可以与古代哲学的本体论（存在论）转向和近代哲学的认识论转向相提并论的范式转移。不过这种范式转移也为哲学史的书写提出了严峻的挑战，例如到底有没有亘古不变的哲学主题的问题，怎样处理哲学进步的问题，传统的观念史路径与后现代况味的谱系学方法之间的纠结，如此等等。

　　近年哲学史的出版（包括原创的和翻译的）在国内蔚然成风，但这些出版物要么是宏大的集体工程，例如国内的多卷本，引进的"指南"之类；要么就是个性特色不明显的教材，不管自己编撰的还是翻译别人的。其实哲学史研究如同哲学研究，贵在特色和个性。只有当我们真正领略到有研究者个人特色的、道别人所未道的哲学史研究工作和作品，才有可能"见贤思齐"，为我们的哲学史研究提供滋养，从而逐步做出具有自身特色的工作。正是从这个角度，也许我们可以说：哲学史总是或者总应当是"另类"的！所幸的是在我的访书历程中也颇邂逅了几部这样另类的哲学史。

首先是吉尔松（ÉTienne Gilson）的《哲学经验的统一性》(*The Unity of Philosophical Experience: The Medieval Experiment*, *The Cartesian Experiment*, *The Modern Experiment*, Ignatius Press，1999），我是在访学后半段客居的 Edison Shopping Mall 的一家看上去专营神学读物的小书店中发现的，我的"哲学经验"告诉我这是一本重要的书，就"正如"当年我在上海社科院图书馆第一次见到斯特劳森的《个体》时就"直觉"到那是一本重要的书。吉尔松当然是大名鼎鼎的人物了，不过很有意思的是，中文世界对他的译介目前似乎仍然只有沈清松教授 30 多年前在鲁汶做学生时译出的《中世纪哲学精神》。

《哲学经验的统一性》英文初版于 1937年。据新版前言作者 Desmond J. Fitzgerald 教授介绍，此书乃基于 1936 年哈佛大学 300周年校庆时邀请吉尔松所做的威廉·詹姆斯讲座。尽管这本书通常并不被当作典型的哲学史著作，甚至有人认为吉尔松是在"利用他的哲

Etienne Gilson
THE UNITY OF PHILOSOPHICAL EXPERIENCE

The Medieval Experiment
The Cartesian Experiment
The Modern Experiment

IGNATIUS

《哲学经验的统一性》吉尔松
（Ignatius）

学史知识做哲学"，"利用哲学史资源研究哲学家们从事的不同哲学实验"，但吉尔松本人却是要"低调"得多。他在序言中明确肯定，与科学和科学史的关系不同，哲学与哲学史的关系要密切得多，甚至认为"除非一个人首先研究哲学史，他就不可能把自己的哲学反思推进到多远"。不过他确实强调，与亚里士多德《形而上学》第一卷之作为哲学史的范本形成对照，现代有太多的哲学史都是按照非哲学的方式写作的，从这一意义上，吉尔松的工作不妨被理解为就是要恢复哲学史之"本义"和"本分"。

吉尔松自陈《哲学经验的统一性》一书的目标乃是"表明哲学史是有哲学意义的，并确定它之于哲学知识本身之性质的含义"，而之所以要在这本书中选择中世纪的、笛卡尔的和现代的三种哲学实验，只是因为"它们代表了根据一种确定的方法处理哲学知识的明确尝试，而所有这一切合而观之就构成了一种哲学经验……而且这种经验是有一种引人注目的统一性的"。在这里要杜绝的是根据另一种科学的方法来变革他们时代的哲学，这是因为"哲学观念之间的相互联系之独立于我们就正如物理世界之法则独立于我们"。而按照 Desmond 的阐释，吉尔松自己的哲学观所强调的是"我们的知识开始于存在之直觉……我们不是通过对知识之反思，而是通过对事物之感性－知性经验，开始我们的知性生活的"。

其次是一位老资格的存在主义哲学家让·华尔

(Jean Wahl）的《哲学家之路》（*The Philosopher's Way*,
Oxford University, 1948）。在中文世界，这位华尔先生
的光华完全被萨特盖过，不过当年三联书店"新知文库"
中那一册薄薄的《存在哲学》给我留下的深刻印象还是
让我在 Strand 见到《哲学家之路》时"毅然"就决定把
它收于囊中了。此书主要是选取了西方哲学史上的关键
概念，例如实体，存在、实存和实在，变化，本质、形
式和物质，质与量，因果性，自由，知识，直接与间接，
科学、哲学和可感世界，物、活物（living beings）和
人，关系，否定，价值，灵魂，上帝，完美、有限、一、
绝对、超越以及辩证法，对整部西方哲学史进行了"串
讲"。与吉尔松有所不同的是，华尔所强调的是"哲学问
题不能与它们的历史背景相分离"，不过，在哲学研究中
赋予历史的重要性乃是一种特殊的重要性，"所强调的是
我们研究其历史的哲学，而不是作为人类思想之前后相
继的历史"。正是从这个角度，华尔对哲学中的进步持有
相当的保留，虽然他还是明确地认为柏拉图、笛卡尔和
康德——也许还可以加上黑格尔——是整个哲学史上最重
要的界标。这种批判自省的意识最明确地体现在作为一
个存在主义哲学家的他于全书结论里所说的话——"人
类中心论乃是哲学的一种原罪"。

最后一本是老牌的德国哲学史家海因策·海姆瑟
（Heinz Heimsoeth）的《西方形而上学的六大主题与
中世纪的终结》（Heinz Heimsoeth, *Die sechs großen*

Themen der abendländischen Metaphysik und der Ausgang des Mittelalters, Stilke, Berlin 1922, Nachdruck der unveränderten 3. Auflage, Wissenschaftliche Buchgesellschaft, Darmstadt 1987, translated into English as *The Six Great Themes of Western Metaphysics and The End Of The Middle Ages*, Wayne State University Press, 1994）。记得我在 Strand 二楼的哲学书架上见到这本书时，并不知道作者是什么人物，但可以说我是立刻就被它吸引住了。这一次我对于书的良好直觉和判断力又一次帮助了我，事实上，这本书一定属于我在 Strand 最重要的收获之一。

其实说起来，海姆瑟这个名字并不应当是我们感到过分陌生的，一种让我们"熟知"他的方式就是指出他是文德尔班《哲学史教程》第十四版的修订者。不过既说到这里，人们也许就会质疑在有了文德尔班和尼古拉·哈特曼（Nicolai Hartmann）在基于问题的（aporetics-based）哲学史领域的基础性工作之后，为什么还要关

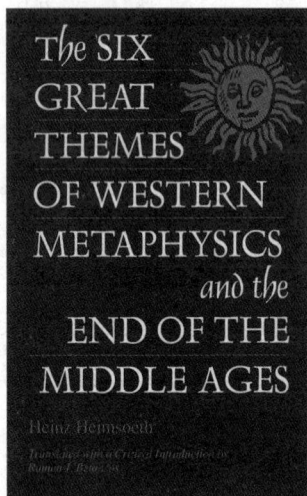

《西方形而上学的六大主题与中世纪的终结》海姆瑟（Wayne）

注海姆瑟的看上去似曾相识的工作。诚然，海姆瑟的书即使从表面上看也是足够"另类"的：这部书虽有大量引文，但却没有任何具体的引证，也没有注释和参考文献。不过正如评论者指出的，这部书最另类的地方在于它在强调的重点上"过于日耳曼化"，而在其倾向上"过于新教化"，例如认为"直到14世纪和15世纪，（传统意义上的）整个中世纪并没有和古代思想完全不同的哲学内容"。这是一个关于哲学分期的"大胆论题"，其具体内涵是：近代哲学思想的根源并不像通常相信的那样在于文艺复兴时期，而在于晚期经院哲学时期，也就是通常所谓经院哲学的"衰落时期"。进而言之，代之以古代哲学、中世纪哲学和近代哲学的三元区分，海姆瑟采取了一种古代形而上学和近代形而上学的二元图式——直到中世纪和经院哲学盛期，古代形而上学都一直支配着哲学；而近代思想之根源在于基督教，特别是中世纪晚期的唯名论和德国神秘主义。海姆瑟的主要论题是："按其显著的原则来说，近代的形而上学是与中世纪的形而上学从同样的土壤中成长起来的，并受到同样的生活源头的滋养，而且近代形而上学与中世纪的形而上学及其趋向和论题的联系要比它与古代形而上学的联系更为内在。"

概括而言，在海姆瑟的双重论题中，一个是近代西方的形而上学本质上基于基督教晚期中世纪与近代德国哲学之间的联系，另一个是后两者都是希腊古典的对立面。其核心论旨则是，基督教思想的关键在于灵魂的发现，真正的内在性与灵性（spirituality）的发现，它与古代世界把灵魂仅仅理解为有机体的"发动机"或动因的观点形成了鲜明的对比。的确，海姆瑟整本书都在反复申说这一对比，例如古代希腊的二元论与中世纪的无中生有的上帝的对比，希腊人对于形式与限制、有限与具体的偏好与基督教对于上帝之无限性的强调的对比，古代希腊人把人类心理仅仅看作客观物理世界之一部分与基督教（特别是"第一个现代人"奥古斯丁）把认识的、意愿的、主观的、个人的和自发的灵魂作为哲学之基础的对比，希腊人接受的静态的自然观与基督教和日耳曼精神强调自然的动力学、灵魂的自发性、历史的过程甚至一种演化的上帝（观）的对比，希腊人之重视种类、类型和概念与基督教之重视个体的对比，古代世界之强调理智胜于意志与基督教的倒转之间的对比等。

对这种有些"片面"（one-sidedness）、"狂放"（bold）甚至"粗暴"（violent）的"古今二元论"构成"制衡"的恰恰是海姆瑟的"问题史"（problemgeschichte）进路。《主题与终结》一书的英译者 Ramon J. Betanzos 教授在译者序言中回溯了以库诺·费舍尔（Kuno Fischer）、文德尔班和哈特曼为代表的哲学史研究中的"问题史"进路，他还引用一句俚语"哲学是一种要用自身去治愈的疾病"（philosophy is the disease of which it is supposed to be the cure）来刻画这种进路的精神。海姆瑟秉承了这种精神，明确认为哲学史就是问题史，用他在《主题与终结》开篇的话来说，哲学史的"恰当主题"就是"哲学问题本身"；因此，撰写哲学史的方法就是要专心致志于"根本的"和"永恒的"问题（疑难、概念的绝境、迷惑、疑问和论题）。用哈特曼的话来说："海姆瑟的路径是从问题到问题，而不是从答案到答案。"Ramon J. Betanzos 如是形容自己对这部"杰作"之感受："这里有一种与哲学之核心的初始的和根本的遭遇所带来的激动。那些包裹着常换常新的历史外衣的重大问题确实仍然保持着它们基本的同一性。谁不对这些概念的奥德赛之旅感到激动，谁就不可能被哲学激动。"

的确，我们在《主题与终结》一书遭遇到的就是在问题与答案之间的一种不断的辩证，这种辩证对话的地理的和编年的跨度令人惊叹，而上帝与世界、存在与生命、自然与精神、理解与意志以及普遍与个体这些形而上学的重大问题都无不与人有关。然则"人是问题，却不是答案"，于是全部西方思想——无论古今，就其最核心和最深层次而言——都围绕着上帝、人和自然这个三元结构展开：在古代世界，自然是绝对的；在中世纪，上帝是绝对的；在近代世界——至少在德国观念论的世界——人是绝对的。而正是在"至少在德国观念论的世界"这个短语中，这部哲学史"另类性"得到了最充分的呈露。

从"迷宫"到"星丛"

"迷宫书店"英文原名为 Labyrinth，记得我是在哥大附近、赫德逊河畔初识这家店的，当时给我的感觉用"惊艳"两字来形容应当毫不过分的，这一方面是因为如我已说过的，我刚到普林斯顿时就遗憾地发现那里还没有一家像样的学术书店，看上去是一家很有品位的书店当时像是在装修，后来却再也没有开张了，也许是改卖普大的"文化衫"了也未可知；二因为我在纽约大部时间跑和泡的是旧书店，相形之下，"迷宫书店"之"光鲜亮丽"自然是 Strand 无法比拟的，虽然规模无疑是要小不少；另外，"迷宫书店"那种经过拣选的"精英气质"又显然是像 Borders 和 Barnes And Noble 这样的连锁卖场无法相提并论的，虽然我当时就询问"迷宫"店员这店还有哪里有，店员明确告诉我在耶鲁有一家。

在某种意义上，"迷宫书店"的"光鲜"和"堂皇"有时确会给人一种压抑感，这一方面当然是由于书价的问题，就像一个囊中羞涩的人进到曼哈顿一家豪华餐馆的感觉；另一方面，这种书店的"前卫性"使得它有点像是西方学术的一次尽情得有些恣肆的展览，徜徉其间，用"目眩神迷"来形容那种感觉大概不算是一种很离奇的夸张。记得我当时还曾经向童世骏和徐向东两位印证了这种感受，他们二位愉快地回忆起当年在这家店的经历，以至于当我后来告诉他们这家店已经搬离哥大时，他们还颇为此"伤怀"了一阵子！

我在哥大那家"迷宫书店"买的书并不多，除了我的访问邀请人佩蒂特教授的其时正在打折处理的《一种自由理论》（*A Theory of Freedom: From the Psychology to the Politics of Agency*，Oxford University Press，2001）以及托马斯·麦卡锡（Thomas McCarthy）的那个同样在削价的高质量的寿庆文集《多元主义与语用学的转向》（*Pluralism and the Pragmatic Turn: The Transformation of Critical Theory*，The MIT Press，2001），印象最深的还是要数保罗·利科（Paul Ricoeur）的《作为他者的自身》（*Oneself as Another*，trans. By Kathleen Blamey，The

《一种自由理论》佩蒂特（Polity）　　　《作为他者的自身》利科（Chicago）

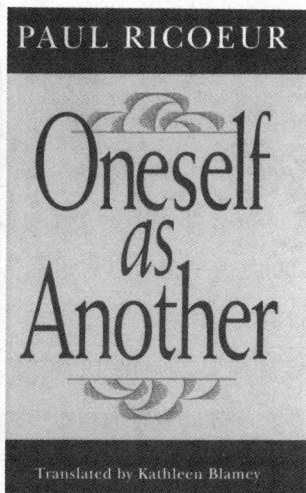

University of Chicago Press，1992）了。在很多年前知道这本书之后，我就一直"梦想"能得到此书的英文版（这当然主要是因为我不能读法文，正如我不能读德文），而我近些年的一个"梦想"则是发起一个围绕这本书的"撒米娜"——我的学生可以为我的这个愿望作证，虽然愿望之作为愿望的一个根本特征正在于它还没有实现！

记不得是 2007 年冬还是 2008 年春，哥大附近一百二十几道上的这家"迷宫书店"就搬到了普林斯顿的 Nassau 街上。于是这家店就成了我在普林斯顿的最佳去处，我在其中"邂逅"过哈里·法兰克福（Harry Frankfurt）教授，为陈村富教授采购过 LOEB 古典丛书，还在"胜利大逃亡"前在这家店里展开过近乎"疯狂"的"扫荡"，不过我差不多只记得那堆"战利品"中的一本书：斯特劳森的《意义的限制》（*The Bounds of Sense*: *An Essay on Kant's Critique of Pure Reason*，Routledge，2006）——之所以迟迟没有买这本书的一个主要原因是我一直期待在 Strand 遇到它的初版（目前这个版本是在此书问世 40 年后的重印

《意义的限制》斯特劳森
（Routledge）

本，而这至少是它的第 15 次重印）；正是鉴于这种"初版癖"，在这里就只想介绍我在"迷宫书店"旧书部的"斩获"了。不无巧合的是，我在其中得到的书不过十来本，但大概由于旧书流出之路径关系或者是我的"编排""铺陈""能力"（形容这种"能力"的颇为"恰当"的字眼就是"通感"、"移情"和"想像"，或者用我们老祖宗的话就是"赋"、"比"、"兴"），竟也是各成"系列"的。

第一"系列"是以色列政治学家和政治思想史家所罗门·阿维内利（Shlomo Avineri）关于马克思和黑格尔的两部知名的著作：《卡尔·马克思的社会和政治思想》(*The Social and Political Thought of Karl Marx*, *Cambridge University Press*, 1968/1970) 和《黑格尔的现代国家理论》(*Hegel's Theory of the Modern State*, Cambridge University Press, 1972/1980)。前一本书是作者在以《极权民主之起源》一书著称于世的、被称作"冷战自由主义者"（Cold War liberal）的塔尔蒙（J. L. Talmon）的指导下在希伯来大学完成的博士论文。颇有意思的是，阿维内利在此书的前言中明确宣称要"把对马克思的讨论从仍然萦绕在西方关于马克思的诸多著述的冷战余波中解放出来"，让这种研究恢复"学术上的尊严"。具体来说，自从《1844 年经济学哲学手稿》重新被发现和发表以来，马克思学界倾向于把人道主义的青年马克思与强调废除私有财产、异化和国家的晚年马克思对立起来，而阿维内利则强调要把马克思的思想当作一个整体，"任何内在的差异，不管是编年学的还是其他方面的，都必须遵从对马克思的整个思想的一种结构性分析。"不过，在我看来，在阿维内利的马克思学中，最重要的方面仍然是他强调了黑格尔的哲学体系之于马克思的构成性作用。在指出黑格尔关于历史乃是神在地上的行进的观点乃是犹太基督教世界的神学传统与启蒙运动的智识成就的独特综合之后，阿维内利认为马克思思想中的末世学成分既不能追溯到犹太基督教传统的直接影响，也不能溯源到马克思的犹太祖先背景，而是要回溯到其黑格尔哲学的前提。

大概正是基于这种认识，在完成关于马克思社会和政治思想的研究之后，阿维内利迅即转向对黑格尔国家理论的研究。《黑格尔的现代国家理论》和《马克思的社会和政治思想》一样列入"剑桥政治历史与理论"丛书，此书被誉为"英语世界对黑格尔政治哲学的首次全面研究"。虽然阿维内利在他的这两部著作中都没有提及卡尔·波普的大名，两书却都体现了一种"走出"波普——我在这里当然是指作为《开放社会及其敌人》一书之作者的波普——的努力。同样颇有意思的是，阿维内利指出，正如纳粹对德国智识生活的毁灭使得马克思的《经济学哲学手稿》几乎被遗忘了20年，黑格尔的《耶拿实在哲学》也遭到了同样的命运，而黑格尔本人却被指控要对纳粹的极权主义"负责"。在这种有些"吊诡"的语境中展开对黑格尔国家理论的重新阐述不能不说是一桩不但富于理论趣味，而且更具现实意义的事情。

在黑格尔政治哲学的解释传统中，一直就存在着青年黑格尔派与老年黑格尔派的对立，像莫斯·赫斯（Moses Hess）、马克思和拉萨尔这样的社会主义者的解释传统与格林（T. H. Green）、鲍桑葵和克罗齐这样的自由主义者［更不用说金蒂雷（Giovanni Gentile）这样的法西斯主义者］的解释传统之间的对立。阿维内利的主张，除了强调不但要注意《法哲学原理》，而且要注意早期神学著作以及其他的遗著，还特别指出了不但要把黑格尔的国家理论与他一般的哲学关切联系在一起，而且要把它与社会和经济生活的其他领域联系在一起，尤其是要把黑格尔对他的时代的剧变的反应与他一般的哲学关切联系在一起。不管阿维内利在前一本著作中怎样力主要在马克思和恩格斯之间作严格的"区分"，他在这里还是一定会同意恩格斯对于黑格尔哲学之"巨大历史感"的赞誉。"黑格尔试图把政治哲学与历史联系在一起，并使得他对历史的理解成为观察政治哲学问题的一个视角。"其实黑格尔哲学的"历史感"也应当适用于黑格尔自己，这就要求我们把黑格尔的政治哲学和国家理论放在他所置身的历史语境中来理解："黑格尔试图回答极大地困扰着卢梭的历史性问题……卢梭从未能够在历史与美好生活之间架起桥梁……由于认识到康德式的遗产所留给黑格尔的某些问题也能够借由孟德斯鸠和赫尔德的资源来回答，黑格尔开始回答卢梭留下来的问题。"

从这个意义上，阿维内利把黑格尔视作"现代社会的第一个主要的政治哲学家"，并以此为界标来透视德国浪漫主义、法国雅各宾主义和英国功利主义："德国浪漫主义是反革命的而不是亲雅各宾党人的……法国雅各宾主义以把恐怖主义作为一种政治德性来鼓吹而告终，英国功利主义则把现代生活的恐怖转化成一种新的自然法"。可见这里的"现代社会"还有个重要含义就是"（法国）革命后"，事实上，阿维内利把"正确地追问后1789社会之性质并把它整合到一个普遍的哲学体系中的能力"当作黑格尔作为一个伟大的政治哲学家的主要成就和荣耀。在阿维内利看来，黑格尔的新政治理论的主要论题仍然最好地体现在他对于市民社会的暧昧态度中，而其暧昧性集中表达在他试图在经济动物和政治动物之间保持某种也许是注定无法达致的平衡。从以上所述颇可以看出，阿维内利对马克思和黑格尔政治哲学的研究不但预示了后来像查尔斯·泰勒（Charles Taylor）那样在英语世界有极大影响的黑格尔论述的基本方向，而且预演了1989年以后在西方世界蔚为大观的市民社会论述中展示的从马克思回到黑格尔的理论路径和价值取向。

第二"系列"是彼特·温奇（Peter Winch）的《社会科学的观念及其与哲学之关系》（*The Idea of a Social Science and it's Relation to Philosophy*，Routledge and Kegan Paul，1958/1980）和查尔斯·泰勒的《行为之解释》（*The Explanation of Behaviour*，Routledge and Kegan

Paul，1964/1980）。前一本书在有关社会科学方法论的讨论上堪称经典作品，但遗憾的是在中文世界一直没有得到相应的重视，庆幸的是目前在大陆和台湾都已各有了一个译本。后一本书我是在 10 多年前撰写《社群主义》一书中关于泰勒的一章时接触过的。简而言之，如果我们说前述阿维内利的书是在后波普的语境中展开的，那么这两本书则是在后维特根斯坦的语境中展开的，只不过两种语境的作用一个是负面的，另一个则是正面的，但这确实是一个需要专题讨论的问题，不是三言两语可以说清楚的。

然后的"系列"是新法兰克福学派和新实用主义的代表人物之一理查德·伯恩斯坦（Richard J. Bernstein）教授的三本书：《实践与行动》（*Praxis and Action: Contemporary Philosophy of Human Activity*，University of Pennsylvania Press，1971），《社会和政治理论之重构》（*The Restructuring of Social and political Theory*，University of Pennsylvania Press，1978），以及《超越客观主义和相对主义》（*Beyond Objectivity and Relativism: Science*，*Hermeneutics*，*and Praxis*，University of Pennsylvania Press，1971，1983）。第一本书虽然是作者最早期的作品，但在某种程度上其重要性和丰富性却是后来的著作无法比拟的，那种在马克思和黑格尔的背景下，在存在主义、实用主义和分析哲学之间寻求对话和融通的精神和气度至今仍然闪烁着耀眼的光芒（用马克思在《德意志意识形态》形容以培根为代表的早期唯物主义的话就是"感性的和诗意的光芒");第二本书近20年前我刚到杭州大学时就曾在系资料室见过复印件,现如今也已经有黄瑞祺教授的译本了;第三本书则早在近20年前就有了一个由已去国多年的郭小平博士主译的删去全部注释的"节译本",大概正是拜那个仍然有些"理论饥渴"的时代氛围之所赐,这个译本确曾产生过与其开本很不"相称"的巨大影响,例如几乎成为我的同事和朋友盛晓明教授之"口头禅"的"笛卡尔式焦虑"一语就是这本书开首一节的标题;也许是"旁观者清"吧,还记得去年和我的几位学生一起读伯恩斯坦的一篇文章,一位学生从书架上取下这本尘封已久的译本,对其他同学道:"这本书曾对应老师有很大的影响!"不过说到这里,我想起的是自己最初买到这个译本时的"故事":那是1993年的春夏之交,我在大学室友、其时已在北大读研的崔伟奇和李传新同学陪同下在北大出版社附近的一家小书店见到了《超越客观主义和相对主义》,记得收入这个译本的丛书名为"太阳神译丛·解释学专辑",看到我一下子"吃进"了这个专辑其实定价不菲的四种书(另外三种分别是伽达默尔的《论柏拉图》和《论黑格尔》,以及两位美国哲学家的《超越结构主义和解释学》),一向"自奉甚俭"的崔伟奇同学不禁感叹:"我可受不了像你这样买书!"

最后是哈贝马斯的《哲学－政治之剪影》(*Philosophical-Political Profiles*, trans. By Frederick G. Lawrence, MIT Press,

1983）以及一部早期的讨论集《哈贝马斯：批判的争论》（*Habermas: Critical Debates*, edited by John B. Thompson and David Held, The MIT Press, 1982）。后面这个时隔多年仍然被广为引用的讨论集的绝大部分当时风华正茂的作者如今都已卓然名家，例

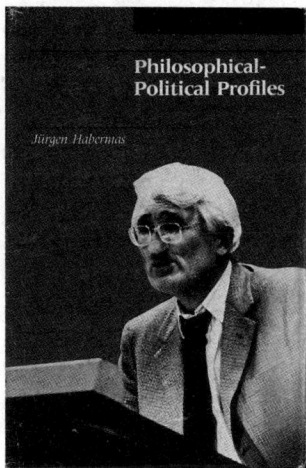

《哲学—政治之剪影》哈贝马斯（MIT）

如托马斯·麦卡锡、安东尼·吉登斯（Anthony Giddens）、戴维·赫尔德（David Held）、安德鲁·阿拉托（Andrew Arato）等等。不过这个集子的一个最显著的特色大概还是在于哈贝马斯对这些作者们的回应长达近70页，最近关于哈贝马斯的四卷本讨论集中仍然收入了这篇答复。

　　至于《哲学-政治之剪影》一书，长期以来在中文哈贝马斯学界似乎都一直没有得到足够的重视，我也只是在江天骥先生早年主编的《法兰克福学派》这个小册子中见过其中的《汉娜·阿伦特论权力》（中文译作《汉娜·阿伦特交往的权力概念》）一文。其实这本书不但对于了解哈贝马斯的智识和精神成长史及其根本关切极其重要，而且读来颇富趣味。让我引用马丁·杰伊（Martin Jay）和理查德·伯恩斯坦对此书的荐语。杰伊

有云：

在一个庸才那里，剪影常常是一个思想家的智
识面貌的一幅单调的二维的轮廓。在像哈贝马斯这
样的大师手里，它们就成了有实质性的和深刻得多
的东西。哈贝马斯言简意赅地刻画了对晚近德国思
想巨人的印象，其中有若干位还是他亲炙的导师。
对于那些已经习惯于他的理论工作之苛刻抽象层次
的读者来说，此书可谓一种意外之喜。在不牺牲那
些长篇大论的严格与光辉的前提下，他展现了把深
度与简洁集于一身的能力。《哲学－政治之剪影》不
但为我们对于理解德国当代首屈一指的思想家的智
识之旅增加了一个新的维度，而且为先于他一代人
的思想提供了一系列极好的洞见。

伯恩斯坦则谓：

以一种巨大的敏感性、明智和批判的洞见，哈
贝马斯与我们时代主要的德国背景的知识分子——
包括海德格尔、雅斯贝尔斯、洛维茨（Löwith）、布
洛赫、阿多诺、本雅明、马尔库塞、阿伦特、伽达
默尔、索罗姆（Scholem）——展开了对话。这些文
章触及当代生活最核心和根本的问题。不管是处理
犹太神秘主义还是批判现代性，哈贝马斯总是那么

富于启迪和深刻尖锐。这些文章堪称他的思想的一种极好引介。通过揭示其最深层的关切，它们也有助于定位他的理论工作。

《剪影》一书确实有相当的可读性和趣味性，哈贝马斯甚至在其中展现了别处难得一见的幽默感，例如在那篇题为《律法的幌子》的索罗姆八十寿庆的演说中，哈贝马斯在谈到应德国议会之邀作为联邦德国的公民赴以色列为索罗姆祝寿这一举动所包含的特殊意义时就"调侃"说："为什么我们不到巴黎为萨特祝贺八十寿辰呢？"至于伯恩斯坦这里所谓"最深层的关切"，如果用一个词来形容，就是"解放"，而鉴于"犹太人与德国人的既悲惨又丰饶的关系"（索罗姆一篇著名的文章即为《犹太人与德国人》），以及特别是犹太教与"解放运动的普遍主义价值——不管它是资产阶级的还是社会主义的——一直处于最显著的纠葛中"，哈贝马斯在此书中主要展开的是与犹太或犹太背景的思想家的对话。在这样的背景下，怎样走出"唯物主义的自然观、革命的历史理论与后革命运动的虚无主义"之三重难局，哈贝马斯的基本思路仍然是通过重提合理性问题，像韦伯、海德格尔、阿多诺和霍克海默那样直面现代性的当代危机，从而"理解自黑格尔之死以来变化着的哲学星丛（constellation）的全部精微性，例如哲学与科学的统一性，哲学与传统的关系，哲学与宗教的互动，以及哲学相对于生活世界的新位置。"从这个角度，我们大可以把哈贝马斯和他毕生与前现代的复古主义、后现代的犬儒主义以及形形色色的决断论与机缘论的奋争形容为从"迷宫"到"星丛"的历程。

耶鲁之行

　　据说坐火车在美国旅行是一种比较"奢侈"的消费行为，甚至有人说只有"体面人"才会在旅程比较漫长的情况下选择坐火车。我不知道这种说法到底有什么根据，因为我既没有在美国境内坐过飞机，坐长途汽车的经验也只有一次。不过，从我访学后半段客居的 Edison 小镇到耶鲁大学所在的纽黑文，坐火车似乎是个不二的选择。

　　从纽约令人眩目的 Grand Central Station 坐 Metro North Line 去纽黑文确实是一段奇妙的旅程。除了我遗憾地没有到过的爱默生和梭罗笔下的康科德，这也可算是美国的"东北角"了吧。按照我特别朴素的"审美情趣"，沿途能够吸引我并触发我若干遐想的也就是铁路东侧不时会呈现在我眼前的大洋一角及其上的点点白帆了。不过这个旅行是短途的，而我的目的地甚至目的也是很明确的——在耶鲁校园观光并逛逛书店。

　　在康涅狄格一所大学任教的杨晓梅女士按照我们事先的约定到纽黑文车站等我，杨女士曾在浙大哲学系任教，不过我们此前从未谋面。这么些年过去了，初次见面的我们是怎样寒暄的，我早已经忘记，只还记得在载我去午餐的那条有些"荒蛮"的路上，蓦然瞥见一家旧书店模样的店铺，按照我平时的"习性"（我的同事和朋友经常开我的玩笑：你不是在书店，就是在去书店的路上；抑或我开会迟到，他们就会说：应某人掉到赴会路途上的一家书店里去了；记得年前研究所同人聚会，我又一次因为"顺便"去书店而迟到，不过刚从晓风体育场路店要了本《安吉拉·卡特的精怪故事集》作为给自己的"新年礼物"的我事先就"编排"了一个在同事面前为自己"开脱"的"理由"："以往我是因为去书店而迟到，今天是为了迟到去的书店"），我一定是会要进去转转的，不过专心开车的杨女士一句"这种书店里是不会有什么好东西的"终于还是让我克制住了自己的任性。

在余英时先生笔下的"康州之橘乡"（见于《历史与思想》等著之落款处），除了刚认识的杨女士，我是一个人也不认识，不过即使这样，午餐后我还是一个人信步逛开了。耶鲁的校园，一向为人艳称，据说和普林斯顿之对比就相当于牛津之于剑桥，然则我既没有到过牛津剑桥，也完全不懂建筑。走马观花地逛了一圈，给我印象最深的还是要数耶鲁法学院所在的斯特林楼（Sterling Building），特别是它的图书馆。我相信，身临这个图书馆，即使奥斯汀命令主义实证法学的最坚定信徒也会对法律肃然而起虔敬之心。这种"虔敬"的一个小小的例子是我还曾到布鲁斯·阿克曼（Bruce Ackerman）教授的办公室门口驻足片刻。除了那部《自由国家中的社会正义》，阿克曼最著名的作品应当还是要数多卷本的《我们人民》。说到这里，我想起了多年前与高全喜教授在南京的那次夜谈，说到将来的研究计划，其时刚刚"重出江湖"不久的全喜兄兴致勃勃地谈到，相对于阿克曼论美国革命实质上乃是一场反革命，他拟议中的最后一部论著则是《从革命的反革命到反革命的革命》！

由于在纽黑文停留的时间甚短，我就逛了近似耶鲁"三角地"附近的两家书店，一家就是大名鼎鼎的"迷宫"书店，另一家书店当时就没有记下名字，只记得显然没有"迷宫"堂皇，但"家底"也仍然是颇为殷实的。不过，由于耶鲁之行本就在我的访问末端，所谓访书似乎也就更有了一层"捡漏补缺"的色彩。

元伦理学是我最近数年虽未真正下去"试水"但却颇为关注的一个领域，不过初学者都知道在这个领域一直缺少一本"居间"——也就是一方面能够让刚入门者比较客观地掌握这个学门的脉络和谱系，另一方面也有某些"进阶"功能——的读物。因此，当我在耶鲁的"迷宫"书店见到亚历山大·米勒（Alexander Miller）的《当代元伦理学导论》（*An Introduction to Contemporary Metaethics*，Polity Press，2003，reprinted 2004，2005，2006）一书，几乎可以说是如获至宝。米勒出身于堪称元伦理学大本营的密歇根大学，受教于这个领域的三巨头斯蒂芬·达沃尔（Stephen Darwall）、阿兰·吉巴德（Allan Gibbard）和彼得·雷特（Peter Railton）。由他来写这本书自然是"知根知底""洞幽入微"，而在旁人看来，则"如行山阴道上，应接不暇"。有些令人"发遽"

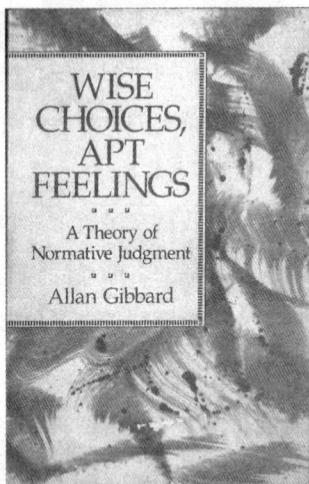

《明智的选择，合宜的情感》吉巴德
（Harvard）

的是，我虽未对当代元伦理学诸公之原典下过什么功夫，但也许是应了"什么样的人就喜欢什么样的哲学"一语，我似乎"天然地"就对麦克道尔的道德实在论以及布莱克本（Simon Blackburn）和吉巴德的准实在论（Quasi-Realism）和表达主义（Expressivism）持有某种好感。不无巧合的是，我就在这家书店见到了后者的《明智的选择，合宜的情感》（*Wise Choices, Apt Feelings: A Theory of Normative Judgment*，Harvard University Press，1990/1992）一书，我只记得罗亚玲同学当年还在柏林为我扫描过这本书，而当我回到杭州后，向自己的某位主攻元伦理学的学生"显摆"这部书时，我的这位学生才告诉我："应老师您不是早已经在佛光大学复印了这本书了吗？"这可说是我前面提到过的"路径依赖"倾向之最典型的甚至有些极端的样本了。

这还不算完，我在耶鲁的访书活动压根就是在最生动地体现"买已经知道的书，买已经买过的书"这一有些"吊诡"的"心理规律"。例如，在那另一家店，我犹豫半晌还是要了哈贝马斯的《证成与适用》(*Justification and Application: Remarks on Discourse Ethics*，trans，by Ciaran Cronin，MIT Press，1994/2001)。记得我当年从一位同事兼朋友那里复印过这本书，不过我记得更清楚的是，那个"母本"是不太完整的（可能他是在国外复印的），于是我的再复印件自然也是"残本"。当然这种有些浪费人力物力的"恶习"当我于"迷宫"书店得到哈贝马斯的一位不甚知名的学生维特尔森（Arne Joban Vetlesen）的博士论文《知觉、移情与判断》(*Perception，Empathy，and Judgment: An Inquiry into the Preconditions of Moral Performance*，Penn State Press，1994)时就得到了某种矫正。另外，由于牛津克拉雷登版的拉兹的《自由的道德性》索价太昂，我在离开"迷宫"书店时最终还是要了定价相对"低廉"的哈耶克的《自由宪章》，大概这是为了"弥补"我在 Strand 没有咬牙拿下魏特夫的《东方专制主义》。不过，我在耶鲁还是买了两本"全新"的书，一本是近年风头甚健的牛津哲学家蒂莫西·威廉姆森

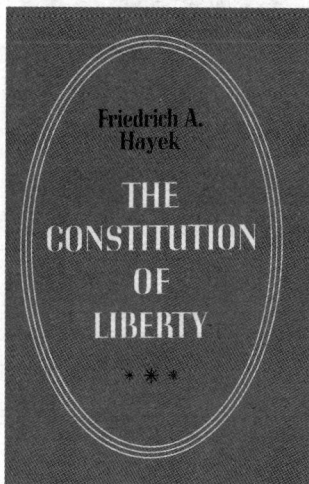

《自由宪章》哈耶克（Chicago）

（Timothy Williamson）的《哲学之哲学》（*The Philosophy of Philosophy*, Blackwell Publishing, 2007），另一本是卢克·菲里（Luc Ferry）和阿兰·雷诺（Alain Renaut）的《六十年代的法国哲学：论反人道主义》（*French Philosophy of Sixties: An Essay on Antihumanism*, trans. By Mary H. S. Cattani, The University of Massachusetts Press, 1990）。而他们两位的三卷本《政治哲学：第一卷，古代人与现代人的新争论；第二卷，历史哲学诸体系；第三卷，从人的权利到共和的理念》（*Political Philosophy*, *Vol.1*, *Right: the New Quarrel between the Ancients and the Moderns; Vol.2*, *The System of Philosophies of History; Vol.3*, *From the Rights of Man to the Republican Idea*, trans. By Franklin Philip, The University of Chicago Press, 1990, 1992, 1992）我是在普林斯顿的那家"迷宫"书店"忍痛"买下的，薄薄的三卷书花去了我一百多美元，而其实在我整个访学期间于普大图书馆扫描过的唯一一本书就是此书的第一卷！

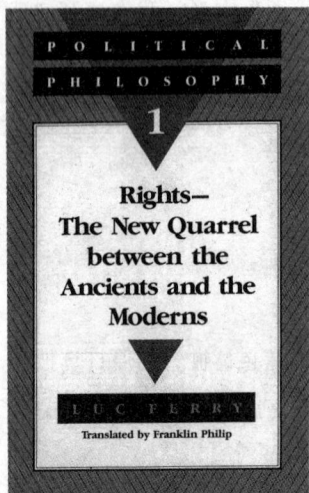

《政治哲学》费里（Chicago）

费城之夜

如果说从 Edison 到纽黑文是"上行"路线，那么到费城则是"下行"路线。不过我之所以要有费城之行，除了想去签署《独立宣言》的独立厅和有一个著名的艺术系的、由一位著名的女性政治哲学家担任校长的宾夕法尼亚大学观光，还有个因素是想要见到在宾州库兹城大学（Kutztown University）任教的黄勇教授。我和黄教授并不相熟，此前只在西安的一次学术会议上见过面。但我后来曾经拜读了他发表在《中国学术》上的关于自由主义中立性的一篇文字，因此，当我为所编《自由主义中立性及其批评者》一书物色封底荐语时，就想到了黄教授。他应我之邀为此书作了非常善意的推荐，而我这次是打算亲自把这本书交到他手中的。结果我的费城之行就只完成了见到黄教授这一项"任务"，独立厅由于闭馆休息没有参观成——我只"瞻仰"了自由钟，并在那里平生第一次选购了一件"文化衫"，是一件印有LIBERTY 字样和自由钟图样的蓝色体恤，而原打算把参观宾州大学作为当天返回前的最后一个功课，却由于一路留恋书店耗尽了时间同样"失之交臂"。

我在费城大概是逛了三家书店，其中两家是连锁店，印象中也就只买了两本书，一本是托马斯·内格尔（Thomas Nagel）的《最终陈词》（*The Last Word*, Oxford University Press，1997），另一本是当时出版不久的内尔·格罗斯（Neil Gross）的《理查德·罗蒂：一个美国哲学家的养成》（*Richard Rorty: The Making of an American Philosophy*，University of Chicago Press，2008）。大概内格尔的书每本都是值得收藏的，虽然我曾经在哥大附近的迷宫书店错过了他的《平等与偏袒》，原因在于那时访书行程刚开始，我反而更为"理性"——因为手头已经有了此书的复印件，我犹豫半天还是放弃了定价不菲的牛津版。罗蒂的哲学则自从在大学末期买到《哲学与自然之镜》之后就一直牵引着我的关注，特别是当我在做博士论文时发现我的"传主"彼特·斯特劳森也曾经是罗蒂反分析哲学前的哲学"偶像"之一——例如他曾撰有《斯特劳森的客观性论证》一文，还在为所编《语言学转向》撰写的长篇导言的最后把斯特劳森的哲学与胡塞尔、海德格尔、魏斯曼、维特根斯坦和奥斯汀并列为未来哲学的六种方向之一。从一个哲学家的"养成"来看，罗蒂的经历也颇富传奇色彩，从如"天之骄子"般的"分析之子"到引起分析哲学家"公愤"的分析的叛逆。现在想来，这其中的变化除了所谓"纯学理"的因素，必定还有不那么"纯粹"的须有知识社会学来探究的包括"校园（学院）政治"在内的因素，这无疑是一个很有趣味的话题，所谓"经学家看见《易》，道学家看见淫，才子看见缠绵"，本是满可以满足人们的某种八卦心态的。说得庸俗化一点，这其实也"符合"罗蒂后来归宗的实用主义之旨趣。可惜由于我的英文太差，加以向来"无事忙"，格罗斯这部书一直都未能展卷。

费城之夜最难忘的一幕出现在我收完上述两本书往火车站疾走途中发现的一家旧书店。店主是一个肤色黝黑的老头，我在和他"Say Hello"后就一头钻进了书堆，一阵忙乱（因为还急着赶回程的火车）之后大致找出了这样几本书：伯纳德·威廉斯编辑并导论、列维特（M. J. Levett）翻译、博雅特（Myles Burnyeat）修订的柏拉图《泰阿泰德》，几乎成为目前"标准"译文的特伦斯·欧文（Terence Irwin）翻译的《尼各马可伦理学》，这两种书都是由主要出版大学教材的 Hackett 印行的；沃

《尼各马可伦理学》亚里士多德（Hackett）

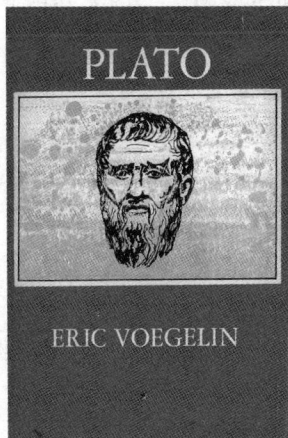

《柏拉图》沃格林（Louisiana）

格林的《柏拉图》，这是他五卷本的《秩序与历史》第三卷《柏拉图与亚里斯多德》的前半部，还有就是沃尔夫（R. P. Wolff）编的一本比较老旧的康德研究文选（*Kant: A Collection of Critical Essays*，University of Notre Dame Press，1967/1968）。不过，我在这家旧书店最为有趣的经验是竟然与店主砍起价来了，除了在哥大门口的流动摊贩上得到平装本的亚氏《政治学》欧内斯特·巴克评注本，这可是我在美利坚共和国土地上绝无仅有的经历！

对了，我在费城还得到了一本书，这就是黄勇教授送给我的他的博士论文《宗教的善与政治的正当》（*Religious Goodness and Political Rightness*，*Beyond the Communitarian Debate*，Trinity Press International，2001），我无以回报，只好把随身带着在火车上消遣的南怀瑾的《庄子南华》送给了他！

"半元书店"

所谓"半元书店",是指位于普林斯顿 Shopping Mall 地下一层的一家二手书店,由于它的全部图书都标价 50 美分,所以我给它取了这样一个"诨名"。这家书店是 80 年代末即从普大历史系获得博士学位、后在胡适参与创办的纽约华美协进社任职的吴以义先生告诉我的。和我一起在那个 Shopping Mall 的一家中式餐厅用完"简朴"的午餐——当然是吴老师埋的单——之后,吴老师对我说:"你老弟不是喜欢逛旧书店吗,这楼底下就有一家!"

现在想起来,这家书店的书和我在其中淘到的书无疑都是有些"芜杂"的,除了像维特根斯坦的《字条集》(*Zettle*, edited by G. E. M. Anscombe and G. H. von Wright, trans. By G. E. M. Anscombe, University of California Press, 1970)、斯马特(J. J. C. Smart)和伯纳德·威廉斯的《功利主义:赞成与反对》(*Utilitarianism: For and Against*, Cambridge University Press, 1973/1985)还有鲁一士(Josiah Royce)的《形而上学》(*Metaphysics, his Philosophy 9 Course of 1915-1916, as stenographically recorded by Ralph W. Brown and complemented by notes from Bryon F. Underwood*, William Ernest Hocking, Initial Editor, Co-edited by Richard

Hocking and Frank Oppenheim, State University of New York Press, 1998) 这样的哲学书, 以及像卡尔·贝克尔 (Carl Becker) 的《每个人都是他自己的历史学家》(*Everyman His Own Historian*, 1935/1966)、爱德华·卡尔 (Edward Hallett Carr) 的《什么是历史》(*What is History? Vintage Books*, 1961)、弗兰茨·斯特恩 (Fritz Stern) 编纂的那部著名的史学理论选集《历史种种》(*The Varieties of History: from Voltaire to the Present*, Vintage Books, 1956/1973), 还有赫希曼的《激情与利益》(*The Passion and the Interests: Political Arguments for Capitalism before Its Triumph*, Princeton University Press, 1977) 这样的历史 (理论) 书, 我在这家店所淘到的书大致可以概括在"古典"、"革命"和"风月"这三个"类别"下。

所谓"古典", 在我是"无话则短", 这里不外乎是指古代希腊的经典作品以及若干研究著作。而经典作品, 主要是希腊悲剧家和喜剧家的一些选集和单行本, 只是版本都无甚足观, 而且多为残帙。例如一套《希腊悲剧集》我只得到其中的一和三两卷, 一套《欧里庇特斯集》我只得到其中的第一卷, 一套《索福克勒斯集》我只得到其中的第二卷, 一套《埃斯库罗斯集》我也只得到其中的第一卷。倒是有一册《阿里斯托芬: 四部喜剧》以及索福克勒斯的两个单行本, 一个是企鹅经典的本子, 包含《俄狄浦斯王》、《安提戈涅》等四个剧, 是 E. F. Watling 1947 年的名译; 另一个是 Bernard Knox 所译的

《俄狄浦斯王》，里面有不少插图。说到这里，我想起叶秀山先生多年前回忆他第一次到美国进修时，曾经把他所在小镇上凡带希腊字的书皆收于囊中了，"对比之下"，我是把这家"半元书店"中凡带 Greek 和 Greece 字样的书都统统"收编"了。

不过，也还有两本书是值得一提的，一本是老牌的古典学家基托（H. D. F. Kitto）的《希腊悲剧》（*Greek Tragedy*, Anchor Book, 1955）。这位基托先生的《希腊人》早已经翻译成中文出版，我记得李强先生曾把它和巴洛（R. H. Barrow）的《罗马人》一起做过推荐，并从一个政治学家的角度做了一番"抑希扬罗"的解读。《希腊悲剧》初版于 1939 年，二版于 1950 年，我得到的是 1955 年的 Anchor 版，这个版本把第二版中大量保留的希腊原文译成了英文，是一个更有"普及性"的版本。另一本是更为晚近的一位加拿大学者理查德·波丢斯（Richard Boédüs）的《亚里士多德与有生不朽者之神学》（*Aristotle and the Theology of the Living Immortals*, State University of New York Press, 2000）。此书论证了亚里士多德在使用"最传统的希腊诸神的观念"来发展和捍卫他的物理学、形而上学和伦理学教诲。这被称作是一个"革命性论题"，因为对亚氏文本的正统解读通常把他描述为一个用理性工具阐述亚氏自己的神或诸神观的自然神论者。按照波丢斯的研究，亚里士多德实际上是一个精致的多神论者，他认为诸神乃是有生的不朽者，而且人们可以把与人类有关的智慧、善意和仁爱归属给他们。这就与传统的把不动的动者（unmoved mover）看作亚氏真正的神观之解释形成了对立。这一方面意味着不动的动者乃是严格意义上的理论哲学的研究对象，并不能用来研究诸神；另一方面意味着要把亚氏对诸神之思考的核心从理论哲学转移到人的哲学上来。这些当然是亚里士多德学内部很精深的问题——这一本书共375页，注释、文献和索引就占了155页——非专家不能置喙的。说到这里我倒是想起了李猛博士去年11月在本校一次小型的希腊哲学会议上那个题为"亚里士多德的两条道路"的报告，我"慕名"前去聆听了这个报告，并由于自己的门外汉身份而"明智"和"自制"地全程未置一词，不过我私下想的却是，亚氏的两条道路其实用中国哲学的话来讲就很"简单"：一条是成己的道路，另一条是成物的道路；而且中国先哲在这个议题上的高明见解是在"绝地天通"并"以德配天"的"哲学突破"之后取得的！

所谓"革命"，则说来话儿稍有些长。除了法国革命的作品（我在这里不能不想起在Strand遗憾地错过的卡莱尔的《法国革命》），我在"半元书店"得到的关于革命的书囊括了英国革命、美国革命、俄国革命和中国革命，可以说是自成一部"革命史"——或者套用唐德刚教授的话说，乃是"长征有始有终，革命没完没了"。

关于英国革命的两本书出于两位英国史名家之手，

巧合的是两本书都初版于1972年。一部是曾在普大历史系任教的劳伦斯·斯通（Lawrence Stone）的《1529—1642年英国革命之原因》（*The Causes of the English Revolution 1529—1642*, Harper Torchbooks, 1972），这本书就是他在普大期间完成的，他在致谢中还特别感谢了他的"撒米娜"上的研究生，并"夫子自道"当代的革命经验（包括1970年由于美国入侵柬埔寨而在普林斯顿引发的危机）也曾有形无形地对他产生了影响——"我尤其意识到了革命时刻的那种令人激动的氛围、幸福的沉醉感以及对人类状况之无限改善的信念。我也相信那些确定革命的基调是会导致武装暴力和破坏，还是会导致和平演变或建设性调整的掌权者之反应的根本重要性。"而在此书的导论中，他自陈他的工作是"严格地分析性的并力图避免叙事的模式"。他明确反对认为"历史学家的任务就是如实地并栩栩如生地讲故事，历史中的因果解释在哲学上不可靠"的观点，而力主"把叙事家与分析的历史学家区分开来的主要标志在于前者是在一个他并不总是充分意识到的模式和框架内工作的，而后者意识到他在做什么而且能够明确地说出来"。在谈到对他过于注重历史过程的社会方面而相对忽视了整个故事的宗教的、政治的、行政的和宪法的要素的指责时，斯通展示了作为一个偏于人类学家的社会历史学家的本色。说到这里，我想起去年11月间在杭州庆春路新华书店见到他的《英国1500—1800年间的家庭、性和婚姻》，这是一个台湾学者的译本，列入商务印书馆享有盛名的"汉译世界学术名著"出版。记得在我向一位朋友推荐这本书时，还指出了此书版权页的一个可笑的错误：上面标注的竟然是一本关于法国革命的社会史著述。听完我的描述，我的朋友除了夸赞我对书的"品味"，还笑话说谁会注意到那种细节啊！我回说："也就是常做翻译的人会注意！"

另一部是克里斯托夫·希尔（Christopher Hill）的《头足倒置的世界：英国革命期间的激进观念》（*The World Turned Upside Down: Radical Ideas During the English Revolution*，Penguin Books，1972/1991）。记得我最早是在《控制国家》的引证中得知希尔的大名的，其中提及的好像是一本关于英国革命之智识根源的著作。

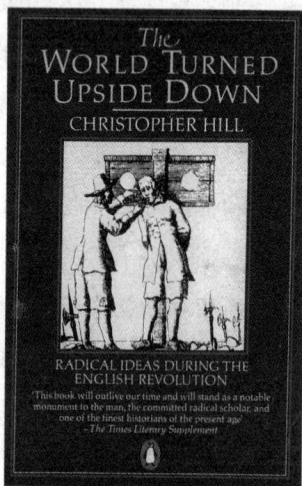

《头足倒置的世界》希尔（Penguin）

相形之下，眼前这本书似乎更有趣也更有挑战性。首先这个书名就颇为耐人寻味。稍微读过一些马克思的书的人都知道，"头足倒置"乃是马克思用来形容黑格尔哲学体系的；而马克思自我期许要把这个"头足倒置"的体系重新颠倒过来。希尔借用了这个比喻，用它来形容激进派眼中的英国革命成功之后的世界：

> 在 1660 年击败激进派之后，在 1688 年最终消除旧政制之后，英格兰的统治者组织了一个高度成功的商业帝国，和一个实际证明是具有非同寻常的赓续能力的阶级统治体系。新教伦理至少支配了那些能够用文字表达的思想和情感。这个社会产生了伟大的科学家、伟大的诗人，它还创作了小说。牛顿和洛克颁布了智性世界的法则。这是一种强有力的文明，是对大多数人此前命运的一种极大的改善。但是我们怎样能够绝对地肯定这个世界是走在正确的道路上的呢？在这个世界里，诗人发疯了，洛克害怕音乐和诗歌，而牛顿有着他不敢公诸于世的秘密的和非理性的思想。

正是在这个意义上，希尔认为所谓"头足倒置"乃是一个相对的概念：马克思认为黑格尔哲学是"头足倒置"的，而黑格尔自己未必这样认为。同样，"我们有可能过分地受制于过去 300 年这个世界的样子，而无法公平地对待那些在 17 世纪就看到了另外的可能性的人。"希尔这里所谓"另外那些人"当然就是指英国革命中的激进派，后者认为行动要比言说重要得多，例如温斯坦莱就说过夸夸其谈和等身著作"一钱不值，而且注定要灰飞烟灭的；因为行动才是万物之灵，如果你不行动，你不过就是行尸走肉"。

严格来说，关于美国革命的书就只有一本《论美国革命》（*Essays on the American Revolution*，ed. By Stephen G. Kurtz and James H. Hutson，The University of North Carolina Press，1973），这是一部论文集，其中所收的都是 1971 年提交给在威廉斯堡的"早期美国历史和文化研究所"举办的美国革命研讨会的论文，作者都是这个领域中的名家，例如伯纳德·贝林（Bernard Bailyn）、埃德蒙·摩尔根（Edmund S. Morgan）等。倒是有两本关于内战的著作，分别是 Thomas J. Pressly 的《美国人对其内战的解释》（*Americans Interpret their Civil War*，The Free Press，1965）以及 Edwin C. Rozwenc 所编的论文集《美国内战的原因》（*The Causes of American Civil War*，second edition，D. C. Heath and Company，1972）。另外三本与美国政治思想有关的书也值得一提，分别是理查德·霍夫斯塔德（Richard Hofstadter）的《变革的年代》（*The Age of Reform*，Vintage Books，1955）——他的《美国政治传统》我早年不知从哪个书摊上得到过英文版，最近已经由商务出了中译本；二是 2010 年刚过世的丹尼尔·贝尔所编的《极右》（*The Radical Right*，Anchor Book，11955/1964），老实说，以我之"博闻强记"，以前也从来没有听说过这本书，而列于贝尔"黑名单"上的大名鼎鼎的"极右分子"除了霍夫斯塔德，还有社会学家帕森斯、《孤独的人群》的作者大卫·里斯曼（David Riesman）以及《美国例外论》的作者李普塞特（Seymour Martin Lipset）；三是戈登·莱文（N. Gordon Levin, Jr.）的《伍德罗·威尔逊与世界政治》（*Woodrow Wilson and world Politics: America's Response to War and Revolution*，Oxford University，1968），这是他在路易斯·哈茨（Louis Hartz）指导下在哈佛完成的博士论文，出版后曾获得哥伦比亚大学的班克罗夫特奖。这确实是一本好书，它生动地刻画了威尔逊与右翼的帝国主义和左翼的革命浪潮两线作战、集美国国家主义的倡导者与国际主义和反帝国主义之代言人于一身的堪称光辉的形象。不过收下这本书于我而言还有个小小的"纪念"意义，那是因为我在普大期间从租住的陋室到 Firestone 去每次都会路过 Wilson Scholl！

接下来是关于俄国革命的两本比较"老旧"的但恐怕也是最经典的书，一本是罗莎·卢森堡（Rosa Luxemburg）的《俄国革命以及列宁主义还是马克思主义？》（*The Russian Revolution and Leninism or Marxism?* The University of Michigan Press，1961/1967），至少《论俄国革命》已经有了中译文，记得好像是和卢森堡的书信放在一起由贵州人民出版社出版的；另一本是伊萨克·多伊奇（Isaac Deutscher）的《未完成的革命：俄国1917—1967》（*The Unfinished Revolution Russian 1917—1967*，Oxford University Press，1967/1969）。这位多伊

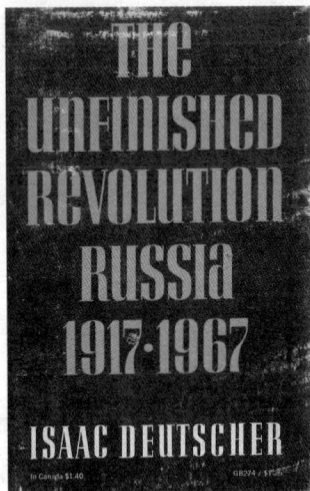

《未完成的革命》多伊奇（Oxford）

奇先生的书我记得就买过他的三卷本《托洛茨基传》。据封底上介绍，这位经常会让我想起科拉科夫斯基（Leszek Kolakowski）——我20年前读过他的《理性的异化：实证主义思想史》，三联书店10余年前即预告他的《马克思主义主流》却一直未出，而我在 Strand 只得到了此书第一卷——的著作还包括《斯大林政治传记》、《历史的反讽：论当代共产主义》、《大争论：俄国与西方》、《非犹太的犹太人》等。颇有意思的是，《未完成的革命》乃是基于1967年在剑桥大学所作的 George Macaulay Trevelyan 讲演，这位 Trevelyan 先生曾任剑桥大学的钦定近代史讲座教授和三一学院院长，他的《英国史》早年曾由钱端升先生译成中文，2008年中国社会科学出版社简体字重刊。

最后是关于中国革命的两本书，一本是老牌的政治学家白鲁洵（Lucian W. Pye）的《中国》（*China: An Introduction*，*third edition*，Little，Brown and Company，1984），我从这本书的封底上得到了以前没有掌握的"信息"：这位白先生不但生于中国，而且在中国接受教育。

不过这可不是我第一次知道白先生的大名。记得 20 多年前，现在已经越做越大几乎成为一种图书品牌的"海外汉学研究丛书"曾经预告过他的《中国政治精神》，但我"望穿秋水"，到现在还没有见到这本书出版。恕我无知不学，我始终搞不清楚，为什么与费正清以及近年在中国大陆颇为"走红"的史华兹相较，这样一位中国通却在中国遭到如此"冷遇"，甚盼吾邦之"中国通"们有以教我。

另一本书则要有趣和轻松得多，不过由于某种原因，我也不便对此多加绍介，列位只要看看书名就知道了：鲁斯·特里尔（Ross Terrill）的《八万万：真实的中国》（800000000: *The Real China*，A Delta Book，1971/1972），这是一本关于"文化大革命"的书！可以请诸位放心的是，我从这本书得到的最直观的"收获"乃是两帧照片，一是郭沫若接见这位作者的照片，照片上主人正在把他的《中国古代社会研究》送给客人。另一张照片貌似"偷拍"——因为画面相当模糊，右前方是周恩来，左前方是 Chang His-Jo 教授，后方几位面目模糊，看不清楚是谁。

不过既然说到革命，就不能不谈谈马克思和托克维尔。所幸的是，就此而论，我在这家"半元书店"也小有斩获。普大教授罗伯特·塔克（Robert C. Tucker）的《马克思的革命观念》（*The Marxian Revolutionary Idea*，The Norton Library，1969/1970）是一本持论比较"平正"的书，比较凑巧的是，我在 Strand 还得到了塔克教授更早的、与前书为姐妹篇的《卡尔·马克思的哲学和神话》（*Philosophy and Myth in Karl Marx*, Cambridge University Press, 1961/1972），令人有些惊奇的是，这本书在 90 年代初之前竟至少重印了 15 次！另一本书似乎更为"稀见"，是以《白领》和《权力精英》两书广为人知的老牌社会学家米尔斯（C. Wright Mills）的《马克思主义者》（*The Marxists*, Laurel Edition, 1962/1968）。其貌不扬的薄薄一本书翻开一看，密排小字，长达近五百页，呵呵，功夫不浅啊；此书 1962 年初版，我得到的是 1968 年第四次重印本，那可是个"激情燃烧的岁月"哦！

托克维尔的外文原著，我在访书中似乎甚少"措意"，不过如果它们出现在"半元书店"中，我是绝不会放过的。遗憾的是我只得到了《旧制度与大革命》和《贫民报告》（*Memoir on Pauperism*, trans. by Seymour Drescher, with an Introduction by Gertrude Himmelfarb, Ivan R, Dee, 1997）两本。前者是 Anchor Book，口袋书一般的，此书的正文系根据原著在作者生前的最后一版（1858 年版）重译，而注释则保留了 1856 年的旧译，只做了若干修正和校订。

这里比较值得一提的是第二本小册子。这个报告源于托克维尔对英格兰的访问，它试图回答为什么在他生活的时代，欧洲最贫穷的国家没有多少贫民，而最富庶的英格兰却有最多的贫民。托克维尔把问题的根源追溯到英格兰的公共慈善制度上。这种慈善要以一种成功的经济体为前提，但良好的意图却产生了无法预见的和不幸的后果。托克维尔的这个报告一直以来没有得到足够的重视，其中一个原因在于他最有名的著作《论美国的民主》中并未提及贫民问题，而《贫民报告》则没有提及民主问题。事实上，托克维尔的这个报告不但具有惊人的时代相关性，而且构成了对《论美国的民主》中至关重要的市民社会观念的一个补充和佐证。

《贫民报告》的核心理念在于拒斥把公共慈善作为一种法律权利——用当今的术语就是"资格"（entitlement）——来对待。正如 Gertrude Himmelfarb 在为这个报告撰写的导论中指出的，"在英国实行福利国家50年之后，在美国新政时期引入救济制度60年之后，当这两个国家在处理托克维尔所预见到的问题时，资格的观念都遭到了质疑"。美国干脆取消了作为一种国民法律资格的救济形式，由于不再受权利原则制约，各州可以自行对待其境内的穷人。而既然救济"权"可以从联邦政府"下放"到州，为什么就不能进一步"下放"到地方政府，甚至进一步"下放"到私人机构呢？正是在这个意义上，托克维尔对于与公共救济相对立的私人慈善的讨论就有了额外的重要性，因为它肯定了《论美国的民主》的一个主要论题，亦即市民社会的重要性。就此而言，Himmelfarb 把《贫民报告》称作《论美国的民主》

的一个"有益的脚注"和对于市民社会观念的一个"显著的贡献"。

而所谓"风月",则是"有话则长无话则短",在这里是指广义的文学作品及其品鉴,其实品种少得可怜。先是关于莎士比亚的三本书,一是诺顿批评版(Norton Critical Edition)的《哈姆雷特》(*Hamlet: An Authoritative Text, Intellectual Backgrounds, Extracts from the Sources, Essays in Criticism*, Norton, 1963);二是布拉德雷(A. C. Bradley)的《莎士比亚悲剧》(*Shakespearean Tragedy*, A Fawcett Premier, 1966),此书初版于1904年,是莎学的权威著作,我得到的是1966年的重印本;三是斯宾塞(Theodore Spencer)的《莎士比亚与人性》(*Shakespeare and the Nature of Man*, second edition, Macmillan, 1942/1961),此书封底上介绍:"自布拉德雷的《莎士比亚悲剧》以来对我们理解莎士比亚的心灵和目标的最杰出贡献"。我于莎剧完全是门外汉,收这几本书也纯属附庸风雅,看了这个"广告词",我能想到的只是这几本书大概是从同一位主人那里散出的。

然后是两本叶芝的作品,一是《诗选和两个剧本》(*Selected Poems and two Plays of William Butler Yeats*, Macmillan, 1962),二是他的文集《幻象》(*A Vision, Macmillan*, 1961)。我买过些叶芝的中文译品,不过我于现代诗完全是外行,而只记得关于叶芝的一则"轶闻"——事关"风月"，不过却是不适宜在谈论"风月"时谈论的，只不过我不知道这是不是应该归咎于中国自由派的"洁癖"。

最后是两本文学批评作品，一是《戏剧的观念》（*The Idea of A Theater*，Anchor Book，1953），作者 Francis Fergusson 曾是普林斯顿文学批评"撒米娜"的指导，此书 1949 年由普大出版社出版，这是一本很有声誉的著作，大概属于这个领域的必读书；二是《批评的表演》（*The Critical Performance*，edited by Stanley Edgar Hyman，Vintage Books，1956），是一本英美文学批评选集，试图集萃到它编撰的年代为止的上个世纪最好的批评文字，有趣的是，最后一篇文章就是 Francis Fergusson 那本书的第一章。在此书包括庞德（Ezra Pound）、默雷（Gilbert Murray）、理查兹（I. A. Richards）和奥登（W. H. Auden）在内的超级豪华的作者群中，我最熟悉的仍然只是艾略特（T. S. Eliot）。从 20 多年前开始，这位作者的中文译品我是每见必收，不过除了那句"四月是残忍的季节"，印象最深的还是要数四川文艺早年所出的紫芹（此书主要译者张子清之笔名？）编选的《艾略特诗选》开首的那几帧照片了：一是艾略特在哈佛求学时的照片，二是艾略特叼着纸烟的工作照，三是后来得了精神疾患的艾略特的妻子薇薇安（书上写作维维安）的照片，四是艾略特身着雨衣在船上的照片，这张照片底下写着："艾略特一生热爱在大海中航行。"

记得吴以义先生曾告诉我，"半元书店"里的书一部分来历大概是因为一般美国教授并没有敛书的癖好，他们甚至会在到异地教书前把不甚需要的书都清理掉。的确，在这家初看如废纸回收站的书店淘书的经验无疑是我整个访书历程最为独特的一种了。在初次来到这家书店后，我曾连续两三天泡在里面，用"把它翻了个底朝天"来形容我的"饕餮"之举大概也不算是一种夸张。我至今清晰地记得即将打烊的时刻背着装满书的背包走出店门，夜色中在路边等车或踽踽独行到住处的情景。不过，世界上并没有十全十美的事情，在这家店的淘书经历也给我留下了一个最有"憾意"的记忆。那就是我曾经在这家店发现一本装帧颇有古意的弗吉尼亚·吴尔夫传，大概就是昆汀·贝尔（Quentin Bell）最负盛名的那部，深褐色精装封面，而且是初版，当时想过买下送给一位朋友的，最后却由于我曾在别处自曝过的那种一无可留的"风神"，而把它与我的其他梦想一样永远地留在了普林斯顿。

美国，美国

记得查建英早年有一篇《到美国去，到美国去》，最近看到村上春树的《边境，近境》里面有一篇《横穿美国大陆》。我到美国去，既不是像查小姐那样去留学，也没有像村上那样去"横穿"美境，而是"走过来走过去走不出这草地"，历时近八个月的时间始终也就是在那"一亩三分地"——所谓新英格兰地区——上转悠，这种"浮光掠影"之游自然是不可能有什么"入木三分""切肤之痛"的感受的。于是，在这已经有些如祥林嫂唤阿毛一般颠来倒去从而疑似"懒婆娘之脚带"之最尾端，我终于打算"快刀斩乱麻地"截取访美行程中"自成单元"之若干片段，聊以为此访书记作结。

除了在普大那家二手书店所得的书，要精确地说出我在美洲大陆得到的第一本书（新书）大概已经有些勉为其难了，一者我早已没有记日记的习惯，二者我也从不留下任何消费明细，而全凭着我其实已经开始衰朽的这副脑袋中还"残存"的那点记忆功能"打点一切"。

前两天偶然从网上看到 Borders 早已破产关闭了，而我到现在还没有弄清楚它和 Barnes and Noble 之间有什么关系，或者就是没有关系。不过这两家书店是我那时每到一地都会去逛逛的。既然是连锁，书的品种大同小异，所以也就只有多逛逛才有可能见到不同的书。说到这里，我还是想起了我最早的一笔新书交易应该是在华尔街附近的 Borders 完成的，吴以义先生那时大概还没有向我推荐 Strand。那两本书好像是哈贝马斯的《真理与证成》（*Truth and Justification*,

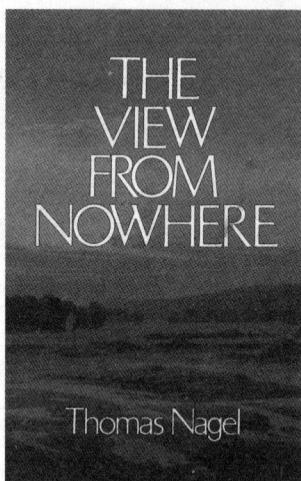

《无源之见》内格尔（Oxford）

edited and with translations by Barbara Fultner, MIT Press, 2005）和内格尔的《无源之见》（*The View from Nowhere*, Oxford University Press, 1986）。记得后面这本书我最早还是从薛平先生处借来复印的——呵呵，那都是什么样的年代啊！

说到内格尔，我就想起了那年的 11 月间，余杭韩公水法教授的一位博士生正在哥伦比亚大学做访问学生，是他邀请我一同去观摩由内格尔和德沃金共同主持的被誉为政治哲学之世界级"殿堂"的纽约大学"法律与哲学讨论会"（Colloquium in Law and Philosophy）的。记得那天的讲演者是加州大学的一位女法学家，虽然基本没有听懂什么，那种最好地体现"哲学作为一种集体性事业"的讨论氛围还是给我留下了深刻印象，特别是内格尔和德沃金（尤其是前者）那举重若轻、谈笑风生的风采。记得中间休息时我还与内格尔教授作了简短的交谈，这当然主要是因为我在《自由主义中立性及其批评者》一书中"亲自"翻译过他的《道德冲突与政治合法性》一文。

在我访学的后半段，我搬到了新泽西一个名为Edison的小镇上居住，于是每次去普大校园都要路过新泽西首府New Brunsvick，那里还是有一个著名的哲学系的著名的Rutgers University的所在地，但多次来去匆匆，我都没有在那儿下过车，一直到即将回国的前夕，我终于下决心去New Brunsvick转转，其实彼地颇多与独立战争有关之"名胜古迹"，例如华盛顿（汉密尔顿？）跃马扬鞭处之类的。我主要还是参观了Rutgers校园，特别是它的美术馆，这个馆的一个显著特色是所藏美国本土画家的作品，我还拍了不少照片，并在美术馆的露天休息处"照例"自拍了几张。当然我最终还是难忍"手痒"，在Rutgers的一家书店要了一册彼特·戈登（Peter Eli Gordon）的《罗森茨威格和海德格尔》（*Rosenzweig and Heidegger：Between Judaism and German Philosophy*，University of California Press，2003），作者师从马丁·杰伊（Martin Jay），而这书也是后者主编的"魏玛与当今：德国文化批评"丛书中的一种，杰伊当年以《辩证的想像》和《马克思与总体性》扬名立万的"故事"至今仍为人艳称，而加州伯克利成了美国左翼运动的大本营之一似乎亦是"顺理成章"的事了。

可见"本土性"之于美国确实是一个颇有意思的甚至有些"吊诡"的话题。说到这里我想起了自己淘到的与此有关的三本书，一本是美国史大家戈登·伍德的《富兰克林的美国化》（Gordon S. Wood, *The Americanization of Benjamin Franklin*, Penguin books, 2004）。我早年读过并引用过他的《美国革命的激进主义》。在很少打折的"迷宫书店"见到他的这本不到五折的普利策奖著作，自然就把它收之囊中了。另一本是哈佛哲学家斯坦利·卡维尔（Stanley Cavell）的《瓦尔登湖的意义》（*The Senses of Walden*, The University of Chicago Press, 1992），我是在开篇所谓"罗尔斯书店"，和桑塔亚那的《三位哲理诗人：卢克莱修、但丁和歌德》（*Three Philosophical Poets: Lucretius, Dante, and Goethe*, Harvard University Press, 1922）一起发现这本书的，后一本书列于哈佛比较文学研究第一卷，我得到的是 1922 年的第三次发行本。第三本书是在吴以

《瓦尔登湖的意义》卡维尔
（North Point Press）

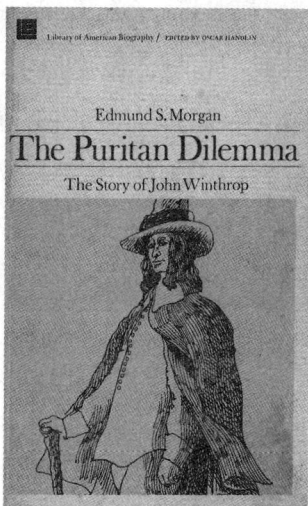

《清教徒的困境》摩尔根
（Little, Brown）

义先生的夫人、任职于普林斯顿大学图书馆的陈介芳女士陪我到普林斯顿公共图书馆时在一堆清仓的旧书中发现的埃德蒙·摩尔根的《清教徒的困境：约翰·温斯罗普传》（Edmund S. Morgan, *The Puritan Dilemma: The Story of John Winthrop*, ed. By Oscar Handlin, Little, Brown, 1958）。一路写来，现在就让我偷一会儿懒，这么说吧：这三本书合在一起，也许就是对美国之"本土性"问题的最好回答吧。

2008 年 5 月中的一天，我的大部分书籍（主要是旧书）已经办理了"快运"回祖国的手续，那阳光灿烂的一整天我都在租住的斗室中做最后的整理，这时才发现剩下未托运的书还是沉得几乎拿不动（姑且不论是否超重，我坐的是东航的班机，超重那也是"超"祖国的"重"），也就是说根本没有办法自己出门的。所幸有朋友事先告诉我一个华人的联系方式，我预约了出租上门服务。来人是一个有点台腔的看上去非常有修养的老头儿。他非常 NICE 地帮助我把行李放到他颇为宽敞的车

141

子上。和房东作了最后的告别，我们就在暮色苍茫中离开了 Edison 小镇，直奔 JFK。我们一路做着简单的聊天，当听说我来此 7、8 个月却从来没有去过大型的娱乐场所（更何况风月场所），老人不禁连连为我惋惜，感叹："应该去去的呀！下次来时再去吧！"于是我也非常 NICE 地以"敷衍"对着"敷衍"。其实其时我想起的是，"访学"期间我也并不是完全没有外出"观光"，记得一次我随一个教友团去华盛顿，行驶在我已忘记号数的高速路上，开车的丁牧师很有感觉地对坐在副驾驶上的我说："美国人就是这样，搞一辆车子开开，连自己也不知道要开到哪儿去。"我的方向感显然比这位丁牧师口中的美国人要强些。例如此刻，按照我大致的方位感，我们将"掠过"纽约的东南角，直插 JFK 所在的东北角。奔腾不息的车流和鳞次栉比的建筑提醒我已经到了纽约地界。望着灯火有些昏暗的大桥外面更为昏暗、幽深得几乎要把人吞噬进去的夜色中的大海，那位我用 100 美元租来的司机以一种"浑厚"和"低沉"交织在一起的、"迷死人不偿命"的男中音喃喃自语：

　　"前面就是大西洋！"

本节写毕于 2011 年 12 月 18 日

全稿完成于 2012 年 1 月 25 日凌晨两时

批判的踪迹
——访 MIT 出版社书店

说话者之间的持续同意包含着反事实的要素，它们允许对任何给定的事实上的同意的一种潜在质疑。

——Habermas

把语言具体化为造物主，具体化为作为天命"发生"并预先决定每一种世间过程的某物，此大谬不然。恰恰相反，语言正是我们的世间学习过程的一种本质要素。

——Lafont

恕我孤陋寡闻，MIT 出版社之为我所知，泰半是由于《交往行动理论》的英译者、新法兰克福学派和新实用主义的代表人物之一托马斯·麦卡锡（Thomas McCarthy）教授主编的那套"当代德国社会思想研究"丛书。我虽不专事德国哲学研究，批判理论也非我所长，但从大学时代开始，我就一直对它们有持续的关注，而这套书则是对这两个方面有兴趣的读者一定会注意到的。

说来话长，在我对法兰克福学派特别是哈贝马斯思想的认知中，早年起到重要作用的是薛华先生在 80 年代中后期写的《哈贝马斯的商谈伦理学》一书，这本薄薄的小书前后伴随我近十年，到现在我还置之于我无比散乱的书架的醒目位置。我至今还记得在上海老西门一家并不显眼的小书店买到它时的兴奋心情，虽然那时我早已从图书馆借阅过此书。没有疑问，除了所谓填补空白之功，这本小书的主要特色就是把哈贝马斯的思想（主要是伦理学）置于德国哲学发展的语境中加以考察，我还记得其中"哈贝马斯与黑格尔"一节几乎占了全书三分之一篇幅强。在某种意义上说，这种做法是毫不令人奇怪，更不值得拿出来单独加以表彰的。但正如要把马克思的思想放到德国乃至西方思想的语境中来理解经常（特别是在特定的时代和地域）会遇到阻力一样，"把哈贝马斯的思想置于德国哲学发展的语境中加以考察"的意义也并不是自明的。这里不是详细讨论这个问题的地方，简单地说，这种做法的意义要得以呈现，其前提在于澄清，正如反对把马克思的思想放到德国乃至西方思想的语境中来理解其背后的动机是为了"劫持"马克思（至少是对他的解释权，即卢卡契所谓"正统"），"把哈贝马斯的思想置于德国哲学发展的语境中加以考察"则是为了防止哈贝马斯被所谓"西方马克思主义"（注意这里的引号）"劫持"。

顺便说一句，这本小书对我的影响还表现在"商谈"和"商议"这两个译名的采用上。无论在写作和翻译中，我都并行地使用这两个词。在用于"伦理（学）"之前时，我用"商谈"；在用于"民主（理论）"之前时，我用"商议"。在我看来，这种前后相继（"商议"继"商谈"而起）和平行使用都是有某种理由可寻的。因为虽然是同一组词甚至同一个词，但由于论域不同，例如一为伦理，一为政治，所强调的重点，至少是中文读者的阅读反应或产生的语义联想也必然有所不同，因此译者用稍有不同的词汇去捕捉这种双向格义中产生的微妙差异虽然违背了严格的一词一译原则的，却也有某种正当性。童世骏教授是这种译法和用法的一个重要和坚定的支持者；而薛华先生则显然是很在意他"发明"的"商谈"这个词的，我记得2004年春天在北京参加一次政治哲学会议。在我发言完毕中场休息聊天时，刚好参加那次会议的他特别和我提到，他注意到我用了"商谈"这个词。

近年来，"商谈"和"商议"这两个译名都遇到了批评和挑战。这里撇开"商谈"一词不谈，而主要讨论一下"商议"。就此而言，我们注意到，在备选的译名中除了"慎议"（"慎"即"审慎"，这是为了传达原词在亚里士多德那里以及在西方语汇中的主要含义）和"话语"（这是从德文文献来的，商议总是要用"话语"的），主要是"审议"和"协商"。我并不完全排斥前者，虽然无论从学理上还是从中文的习惯上说，"审议"和"商议"所传达的意思是有微妙但又不失重要的差别的。无论是无疑具有强烈精英主义色彩的罗马元老院的"审议"，还是与民粹倾向难分难解的"人民"的"审议"，都是居高临下，而与哈贝马斯所谓商议政治有未达之一间。后者与美国宪法学的共和主义复兴家所要处理的同样是上述两种倾向之间的基本紧张，而他们的共同倾向，借用李强教授讨论共和主义对中国政治转型的启迪时所用的话来说，就是要超越大众民主与权威主义的两难困境。至于我在"协商"这个译名前采取某种谨慎甚至规避的态度，一般人也许会讥之为主要并不是基于所谓纯粹学理的考虑。但我要强调的是，世界上并没有完全不食人间烟火的学理。唯其如此，表面上非学理的考虑有时反而是为了维护学理的"纯粹性"也未可知。这正如一句有名的话：真正的革命者之所以被视为反革命或情愿被视为反革命，就是因为革命者的名义已经被真正的反革命窃取了。

回到正题上来，薛华的专书所讨论的哈贝马斯的《道德意识与交往行动》一书的英译本正是由 MIT 出版社列入前述那套丛书出版的。我在上海读研究生时第一次接触到这本书，但我更多地并不是通过这本书，而主要是依靠同样由 MIT 出版社所出的 Seyla Benhabib 和 Fred Dallmayr 合编的 *The Communicative Ethics Controversy* 以及由 Michael Kelly 编的 *Hermeneutics and Critical Theory in Ethics and Politics* 了解所谓商谈伦理学和批判理论的。前者收录了 90 年代以前商谈伦理学诸大家的代表性篇什以及相关重要争论的主要文献，是了解这个主题的基本读物；后者所收的也多是名家之作，而它对于我个人最有纪念意义的地方就在于我正是从中读到了韦尔默（Albrecht Wellmer）的《现代世界中的自由模式》一文。这篇才情横溢而又富有洞见的宏文给当时正沉迷于自由主义和社群主义之争的我以极大的启发，并显而易见地影响了我对政治哲学中的若干重要问题的论述，这尤其表现在我就自由问题所写的几篇专论中。我与韦尔默的"遭遇"的标志性"成果"是我与朋友一起为他编译的、最近由上海译文出版社推出的《后形而上学现代性》一书，我把此书的编译视作对他的"思想馈赠的感激和回馈"。但在这里值得强调的是，在此之前我就已经在与友人合编的《第三种自由》和《公民共和主义》两书中收入了我自己翻译的韦尔默的两篇文章，除了前述那篇宏文，另一篇就是他的《民主文化的条件：评自由主义/社群主义之争》。这当然都是他很有代表性的文字，虽然对于他的论述及其相关性人们也许会有不同的认知和评价。我想通过对一个细节的读解来阐明我的某种理解。

在我为翻译《自由模式》一文联系作者授权的过程中，我曾求助于国内以研究和译介新法兰克福学派和新实用主义著称的童世骏教授。我的这种求助当然不是无的放矢，因为童教授的业师希尔贝克先生正是与韦尔默等相唱和的同一"学派"的成员（我曾看到韦尔默渡海去卑尔根大学主持博士论文答辩会的记录）。我的求助当然也是有成效的，童教授正是通过他的老师成功地帮我取得了韦尔默的授权。但其实童教授本人也是认识至少是见过韦尔默本人的。据他告诉我，韦尔默此文是1990年前后在克罗地亚的一个研讨会上首先发表的，而他自己也参加了这个会议。考虑到这样一个特殊的时代背景，如果我的理解或揣测没有错，那么，虽然这篇文章除了在开篇提到了"集体主义"，并没有正面讨论社会主义，但社会主义运动的教训和遗产仍然可以说是此文的一个潜在的背景甚至是主题，而不是像表面上那样仅限于自由主义和社群主义。这是因为社会主义的一个基本的价值理想就是平等，而韦尔默推许为对民主的伦理生活形式（或伦理生活的民主形式）的探究作出最大贡献的两大人物中就有一个是托克维尔（另一个当然是黑格尔，黑格尔与托克维尔的互释正是韦尔默自己的民主文化概念中最有特色的地方），而托克维尔恰恰认为平等是他所处的时代的"天命"，虽然他对于这个"天命"的"回应"方式正好与同样崇尚平等的马克思不同。从这个意义上说，韦尔默对托克维尔的援引可以被看作是对马克思——至少是完全按照经济史观来理解的马克思——的平等理想的"元"批判，尽管马克思本人就如同批判边沁一样批判过托克维尔，如同对许多历史上的"伟人"一样，马克思把他们统称为"庸人"。不管如何，韦尔默的这个见解似乎印证了我早年在讲授西方政治思想史时尝试提出的一个粗浅的看法：也许我们应当把黑格尔、洪堡、边沁、密尔、托克维尔和马克思本人平行地理解为西方政治传统的总（终）结者——是否终结另当别论，同为总结则未尝不可——如同罗尔斯的政治自由主义一样，我们可以把这个原则理解为宽容原则运用于哲学自身的产物。当然这并不是要全盘放弃批判理论，而无原则地堕入犬儒主义，而是如同哈贝马斯在《后形而上学思考》中提出的那样，要寻求"众声喧哗中的理性统一性"。在这方面而言，哈贝马斯本人的思想演变就是一个典型的代表。

关于哈贝马斯的思想变化存在不少的争议，相应地，随着观察立场和角度的不同，人们也用不同的但都带有"政治性"的语汇来形容他的思想"转向"，例如"右倾"、"妥协"甚至"保守"。加以哈贝马斯本人近年频频在重大的现实政治问题——例如科索沃战争、"9·11"事件和伊拉克战争——上表明自己的立场和展开自己的论述，就使得相关的争论更具有"火药味"了。但认真说来，就哈贝马斯思想的形成（近年的言论可以看作是这种已"形成"的思想的展开或适用，虽然这并不排斥罗尔斯意义上的"反思平衡"，特别是考虑到所谓原则与适用的辩证法）而言，"六八"学运和"八九"剧变可以看作是两大最具构成性意义的界标性事件。因为前者是在自由民主体制内部对它的正当性发起的迄今最具影响也最具分裂性的挑战，而后者则被不少人解读为对自由民主体制的正当性的外部"证成"。就它们对于哈贝马斯思想的影响而言，前者可以用来说明所谓"交往的转向"，后者可以用来解释所谓"法学的转向"（虽然这两个"转向"从重要性而言并不是完全并行或同等的）。这当然是一个宏大的话题，对它的详细讨论超出了这篇随感的范围。这里只想从商谈伦理学与康德和黑格尔的关系入手作某种粗略的提示。

不幸的是，这也同样是一个很有争议的问题。争论的焦点集中在哈贝马斯关于康德道德哲学的独白性的断言上。哈贝马斯基于康德尚未实现从主体性哲学向主体间性哲学的范式转换，断言康德的道德哲学是独白的，并转而从黑格尔关于承认的理论中寻求对绝对命令的主体间性的解释。但为了避免使道德历史性地消融在伦理生活中，哈贝马斯又把商谈伦理学断然地定位在康德传统中。用他自己的话来说，援引黑格尔是为了使商谈伦理学包含更多的内容联系，而定位于康德传统中则是为了坚持道德原则的理想性和批判性。前者强调的是，道德的基本原则的意义是根据论辩实践无法回避的预设内容加以解释的，而这种论辩实践只能与他人共同地从事；后者强调的是，对实践问题作出公正评判的道德观并不是供我们随意处置的，而是植根于合理商谈本身的交往结构之中，任何对交往行动的反思形式保持开放的人都会感受到它的存在。（Habermas，*Justification and Application*，MIT PRESS，1993，pp.1-2）

哈贝马斯的这个论断当然是有他很坚强的思想理据的。但在某种程度上更"忠于"康德本人的论证策略的学者那里，却会引起不小的争议。不无巧合的是，在接触到商谈伦理学不久，我就从我的老师罗义俊先生那里借到的李明辉教授的《儒学与现代意识》一书（此书到现在还在我手中，当然是经过了罗先生同意的）中读到了《对话的伦理学抑或独白的伦理学？——论哈贝马斯对康德伦理学的重建》这篇至今仍给我留下深刻印象的文字。由于作者长期师从牟宗三先生，并曾在德国以研究康德的道德情感理论拿到博士学位，这是一篇真正达到"对话"水准的哲学论文。这里无法重述此文精细复杂的论证，最有意思也是与当前的话题直接相关的是作者在文末通过辨析韦尔默提出的"对话的伦理学"（dialogische Ethik）与"对话底伦理学"（Ethik des Dialogs）——前者是以对话原则取代道德原则，而后者并不混同道德原则和对话原则，而只强调由对话底语用学基础证成道德原则，所以道德原则只是衍生的——而得出的结论。作者同样认为，唯有从"意识哲学"范式转移到"语言哲学"范式，才能从"对话的伦理学"扩展到"对话底伦理学"。但鉴于哈贝马斯并不了解康德对绝对命令的论证策略，从而未能对康德伦理学提出强有力的内在批判，所以上述的范式转移也就失去了必然性，哈贝马斯也无充分理由坚持康德式的绝对命令必须有一种先验语用学的证成，而韦尔默之试图扩展康德伦理学为一门"对话底伦理学"，也就失去了根据。是以作者得出，我们还不如保留康德伦理学的基本观点，从道德原则推衍出对话原则，使"道德"可通往"伦理"，并向生活世界开放。这样做的好处是，"我们既不会将道德原则封限在个人意识中，也不会夸张其功能，而致抹杀其他领域（如政治、社会、法律、历史诸领域）之独立性。"（李明辉，《儒学与现代意识》，台北文津，1991，185 页）

在某种程度上，我们无需直接介入康德伦理学究竟是"独白的伦理学"，还是"对话的伦理学"抑或是"对话底伦理学"之定性之争，而可以间接地从商谈伦理学所面对的基本问题来尝试把握它的精神实质。用传统的大字眼来说，这个问题就是理性与历史的关系问题；用当前政治哲学中流行的词汇来说，就是普遍主义与多元主义的关系问题；用德国古典哲学的固有术语来说，这是一个理性或概念建筑术的问题。

自黑格尔的体系和学派瓦解以来，历史与理性的关系问题似乎成了从重新打开的潘多拉的盒子中释放出来的妖魔。新康德主义和新黑格尔主义，分析哲学和现象学，实用主义和存在主义，西方马克思主义以至于形形色色的保守主义和后现代主义（哈贝马斯把法国的新尼采主义称作"青年保守主义"），都可以放到这个大背景下来观察，都试图把这个问题重新"格式化"。这场旷日持久的辩论的一个高潮和再出发的起点当然就是"二战"后的极权主义反思中出现的对于德国古典哲学的"历史理性"概念的清算运动。这种"清算"把极权主义的灾难一股脑儿地记到了德国观念论特别是黑格尔哲学头上，甚至有人进一步追溯到卢梭和康德，甚至在"二战"结束前罗素就已经在纽约讲授西方哲学史时发出"如果说洛克是罗斯福的鼻祖，那么卢梭就是希特勒的渊薮"这种颇为惊世骇俗的"警句"。从启蒙的自我裂变（所谓"启蒙辩证法"）对纳粹主义崛起的解释和从阶级意识的正统化对斯大林主义蜕变的诊断都指明了，把"历史""物化"和人格化并当作"理性"的实体性内涵反会堕入虚无主义的深渊。但是反过来把历史"视域化"或"情景化"则又面临着捍卫理性的普遍性的更为艰巨的任务。走笔至此，我忽然记起了《回答：马丁·海德格尔说话了》一书中的一则故事，据海氏的学生皮希特在收在其中的《思之力》一文中回忆，在盟军攻占弗莱堡后的一个晚上，海德格尔和他的家人一起敲响了其学生皮希特家的门，在安顿下来后，皮希特的妻子为惊魂未定的来访者弹奏了一曲莫扎特，一曲终了，平静下来的海氏缓缓地说："这毕竟是用哲学做不到的"；并在来客留言簿上挥笔写下："没落并不意味着完结，任何没落都蕴含着升起。"如果说海氏此语在"浅见者"看来还有某种溢于言表的"不甘不愿"，那么他在把美国主义和苏联主义相提并论的《形而上学导论》中的那句"并不是德国观念论破产了，而是德国资产阶级无力再达到并经受住德国观念论曾经达到的高度"则真正是使人振聋发聩的空谷之音了。

在当代政治哲学中，这个问题是以所谓普遍主义与多元主义的关系问题而呈现在我们面前的。按照童世骏教授的阐释，哈贝马斯最重要的政治哲学著作《在事实与规范之间》以及此后发表的可以作为前书的附录来阅读的政治哲学论文集《包容他者》，所要解决的主要问题就是如何把普遍主义与多元主义统一起来，也就是回答"多元主义条件下的普遍主义政治何以可能？"这个问题。有意思的是，哈贝马斯仍然是通过对康德哲学的发挥来解决这个问题的。"道德问题和伦理问题之间的概念上的区别、现代社会中伦理价值和生活方式的事实上的多样，这两点可以说是哈贝马斯在继承康德政治哲学传统的时候对它进行的最重要补充，也是回答多元主义文化条件下的普遍主义政治何以可能这个问题的根本前提。"（童世骏，《批判与实践—论哈贝马斯的批判理论》，三联书店即出）对哈贝马斯晚近的思想发展更为重要的是，他洞察到除了道德的问题（"什么是正当的共同生活？"）、伦理的问题（"什么是好的或不虚度年华的生活？"）之外，以立法为核心的政治过程还涉及实用的问题（"什么是对手段和物品的理性选择？"）。这一系列概念的区分及其相互之间的联系的寻求，使得《在事实与规范之间》这部被誉为自黑格尔和韦伯之后最重要的法哲学著作成为德国哲学传统中的理性或概念建筑术的最近也是最宏伟的一次尝试。

从理性或概念建筑术的内部来看，韦尔默在《现代世界中的自由模式》一文中对哈贝马斯的共同体自由观和在《伦理学和对话》中对哈贝马斯商谈伦理学的批评对于后者的"转向"是有较大影响的，用韦尔默在应我之邀为《后形而上学现代性》一书所写的序言中的话来说，他与哈贝马斯在理性或概念建筑术的分歧包括："理想化"在道德和法律中的作用（例如理想言谈情境的概念或理性共识的概念），对于普遍主义道德原则的表述，道德规范的"证成商谈"与"适用商谈"之间的区分等等。这些都是很专门的问题。用我们比较熟悉的政治哲学的术语来说，韦尔默对于消极自由的重要性的强调使得哈贝马斯不再只专注于从共同体自由推导出个体自由或消极自由，转而强调两种自由的相互预设和相互依赖的关系。我们可以看到，这个问题在哈贝马斯后来与罗尔斯的争论中又成为了核心问题，而我们不能不说，把两种自由与商谈伦理结合在一起的讨论架构是由韦尔默首先奠定的。而韦尔默在《伦理学和对话》中对普遍主义的道德原则和民主的合法性原则的区分更是直接导致哈贝马斯把针对民主立法过程而提出的"民主原则"和针对道德商谈而提出的"商谈原则"之间的联系和区别作为《在事实与规范之间》的基点。

兜了一个圈子，问题的焦点仍然回到了我们前面提到的韦尔默所提出的"对话的伦理学"与"对话底伦理学"的区分及其语用学的证成上，而这个问题也直接关涉到韦尔默所谓"构想民主'包容'理想终点的可能性"（见《后形而上学现代性》作者序）的问题。事实上，也正是这两方面的问题构成了批判理论（现在通常用"新法兰克福学派和新实用主义"来指代这一智识运动和学术共同体）当前最具有活力、也最有前景的两个方向。

就前一个方向而言，与以《正义的语境》一书成名、现已是歌德大学教授的 Rainer Forst 同为哈贝马斯《在事实与规范之间》写作讨论班主要成员，现为美国西北大学教授的 Cristina

《正义的语境》福斯特（California）

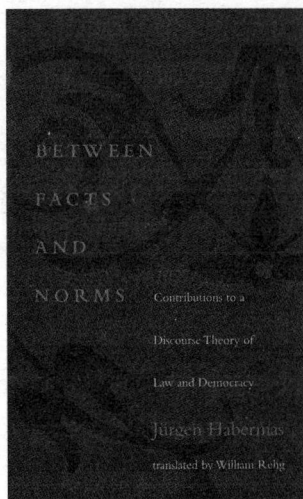

《在事实与规范之间》哈贝马斯
（MIT）

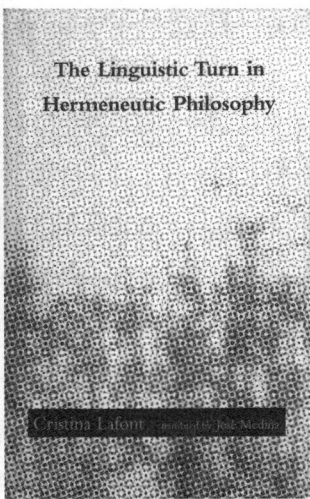

《解释学哲学中的语言学转向》娜丰
（MIT）

Lafont 女士 1999 年由 MIT 出版社列入前述丛书出版的
《解释学哲学中的语言学转向》一书（最初用西班牙文发
表于 1993 年，但英文本的第三部分是原版所没有的）是
近年相当重要的工作。Lafont 在为此书的英文本撰写的
高屋建瓴的序言中把她的工作概括为是要"维护一种实
在论的观点，这种观点既能够说明指导我们的认知和交
往行动的规范预设，而又能把它整合进一种也能够说明
那些行动的解释性或创造性的普遍语用学策略"。Lafont
实现这个雄心勃勃的目标的策略就是分析把语言作为哈
贝马斯的交往合理性理论之基础的观点，因为在她看来，
哈贝马斯的路径是在德国传统中唯一针对任何相对主义
而捍卫一种普遍主义或理性主义观点的明确尝试（阿佩

尔是一个例外）。Lafont 富有洞察力地揭示了哈贝马斯从一开始所运用的理论策略的两重性：一方面是一种坚决反实在论的、建构论的倾向；另一方面是把实在论的要素整合到普遍语用学策略之中的倾向。而 Lafont 本人的工作则是借重普特南所谓内在实在论，认为只有后一种策略才能提供对于一种普遍主义路径的适当支持。相应地，这就要求批评和修正哈贝马斯作为完成他的交往合理性理论的可能办法而提出的反实在论策略。究极而言，Lafont 的目标在于回答理性和语言的关系这个最初的问题，并最终超出语言哲学的范围，解开理论理性与实践理性之间的可疑纠结。

就后一个方向而言，当前十分活跃的、堪称新法兰克福学派和新实用主义后起之秀的 James Bohman 2007 年刚由 MIT 出版社出版的《跨越边界的民主》一书是很值得注意的。这本书有个很有趣的副标题——From Dêmos to Dêmoi。事实上，这是 Bohman 2005 年在 *Ratio Juris* 上发表的一篇文章的标题。按照 Bohman 的诠释理路，从字面或词源的意义上，民主意味着民众或人民的统治（popular government，rule by the Dêmos，the people），但从民主的发展来看，这个"人民"是指作为整体的人民（a people，Dêmos）而不是众民（peoples，Dêmoi）的统治。单称的 Dêmos 原是指一个特定的地域空间，而且是指"地区、国土或所有地"，并由此扩展到它的居民或人民。虽然民主的建制形式经历了漫长的演变，但它还是始终保持它的单称名词形式及其地域内涵。而《跨越边界的民主》一书就是要"重新思考这个概念的考古学所包含的深层预设"。正如这书的副标题所示，他的基本主张是，"在一个全球化和重要权威具有超民族国家的代表的时代，需要以多元的方式重新思考民主，也就是要把它理解为 Dêmoi 的统治"。

虽然 Bohman 反对一开始就提出一个明确的民主定义，但他还是先把民主界定为"这样一种建制集合，通过它，个人被赋予自由和平等的公民的权能去形成和改变他们共同生活的条件，包括民主本身"。具体而言，Bohman 把他的民主理论定位为一种跨国民主（transnational democracy）理论。追随哈贝马斯对于公共领域的研究路径，Bohman 的理论中规范论证的维度和经验研究的维度是紧密地结合在一起的。但我们在这里仍然从偏于"规范"的维度来把握他的理论旨趣。就此而言，以下三个方面是很值得注意的：一是他一开始就明确地指出，"跨国民主"是一种既是建构的又是重构的进路，它受由 Jane Addams "治疗民主之弊病的良方就是更多的民主"这一箴言所激发的杜威的激进民主理想所鼓舞，把自身理解为一种新的民主理想，而不只是一个发现某种最优的民主规模或理想的民主程序。而像罗尔斯的《万民法》那样继续把民主及其相关概念当作与民主的规范不可分离的方法论的虚构加以使用，就将错失我们置身其中的后威斯特伐利亚世界。二是他在把"跨国民主"理解为广义的道德和政治的世界主义的同时又注意与后者区分开来。他一方面强调"跨越"（across）边界不是"超越"（beyond）边界，另一方面又强调"跨国民主"不是把"跨国"（不管是世界主义的世界政府还是"跨国民主"的公民社会或全球公共领域）单纯地理解为民主的工具或手段，而是对于民主理想本身具有构成性的。全球民主化的基本条件下的以 Dêmoi 为主体的民主正是在这种意义上落实了它的所指，并把政治的、制度的、民主的和跨国的四个维度集于一身。三是 Bohman 最终把他所谓"跨国民主"理解为一种共和主义的世界主义或世界主义的共和主义。他一方面认为共和主义的无支配概念为"跨国民主"提供了政治世界主义的更为自由主义的版本所欠缺的规范保证，"按照共和主义的方式来理解，世界主义民主将更有意义，因为没有无支配的自由，它就既不能回应复杂性和相互依赖的政治问题，也不能制约它本身具有的民主的支配和管辖的可能性"。另一方面又强调，"跨国民主"的核心特征在于它是一种自反的秩序，在这种秩序中，人民就他们的共同生活和民主本身的规范和制度框架展开商议，"民主是展现在公共领域中的交往自由与人民创造他们的权利、职责和义务地位的规范权力之间的互动——基本的人权正是这种规范的权力，而其中最基本的则是发起商议的权利"。这是因为归根到底，反支配（包括在"规范预期的民主背景"下所产生的支配以及由"跨国层面的不对称的相互依赖"所产生的支配）的能力和动力就在于公民的商议。

正如前面指出过的，以哈贝马斯为代表的批判理论的"交往的转向"（韦尔默称之为"语言学转向"）和"法学的转向"一直以来备受争议，而争论的一个焦点就是所谓的普遍主义问题，不管是它的语用学奠基还是它的制度含义。十分明显，Lafont 和 Bohman 的工作就是从语言和制度两个不同的层面捍卫和拓展普遍主义的新近尝试。前者仍然旨在为普遍主义的立场做语言哲学的奠基，后者则似乎在更大的程度上是在尝试重新界定普遍主义的理想（以民主为例）。但颇为有趣的是，两者都强烈地呈现出了通过重新界定和诠释自身的传统实现各自抱负的倾向。在 Lafont 那里是德国的语言哲学传统和后分析时代的英美语言哲学，她一方面认为哈贝马斯只注重语言的交往维度而忽视其认知维度的偏颇需要通过引入德国语言哲学传统所强调的语言的世界去蔽功能而得到校正，另一方面认为后一种传统中的语言的具体化倾向又需要用英美传统中以普特南为代表的直接指称理论（theory of direct reference）所蕴含的内在实在论加以制约。如此才能既克服形而上学实在论，又避免一贯的反实在论立场中所蕴含的相对主义；既为交往合理性理论中所包含的规范要素（普遍主义、可错论、认知主义，等等）提供一致的辩护，而又相容与现代社会的多元主义。

Bohman 则试图通过重新解释和运用西方政治传统

中源远流长的共和主义为他所谓"跨国民主"张本。他所运用的资源既有希腊人对于 Dêmos 和 Dêmoi 的区分，又有罗马传统中对于公民自由的定义；既有联邦主义的制度设计架构，又有狄德罗、康德的共和派的反殖民主义、反帝国主义和世界主义；当然还有当代共和主义者如菲利普·佩蒂特的理论建树。事实上，对公民共和主义的援用晚近以来已经在批判理论内部成为一股小小的潮流，而哈贝马斯本人就是一个把彻底的现代性立场和强烈的公民共和主义色彩集于一身的政治哲学家。他曾自称"康德式的共和主义者"，并称《包容他者》一书就是要揭示"康德式共和主义"在当今的普遍主义内涵。他的学生，现为弗林斯堡大学社会学教授的 Hauke Brunkhorst 在 2005 年刚由 MIT 出版英译本的《团结：从公民友谊到全球法律共同体》一书更是一个显例。尽管除了新旧罗马共和主义共同张扬的所谓没有主人、没有依赖的自由（佩蒂特把这种自由提炼为第三种自由，即"无支配的自由"），Brunkhorst 对共和主义传统的援引很难说完全是正面的，但思想史上常常有这样的情况：批评和修正的冲动越强越烈恰恰表明受其沾溉和制约越厚越深，而且正是被批评和修正者从根本上为后来的批评和修正提供了思想的动力和概念的空间。不错，在后法国革命的世界，哈贝马斯及其后学所倡导的团结的价值很自然地被对应于大革命"三位一体"价值丛中的最后一项——博爱。但是我们不要忘记，无论是对于公民友谊的崇扬，还是对于法律体系的重视，在历史上说却都是同时由公民共和主义首奠其基的。在一个薄自由主义当令的政治想像力匮乏的时代，这个基本的历史事实似乎已被人淡忘很久了，但对于具备基本的历史感和现实感的人们来说，它却仍然具有基本的重要性。这正如剑桥共和史学的重镇斯金纳富有洞见地指出的："也许正是过去的那些初看之下没有当代相关性的东西最有直接的哲学意义，而要获得对我们当前假定和信念的一种更有批判性的视点，就必须回到我们目前的正统还不是正统的历史时刻。"

怀抱着这样的思绪，怀揣着"对自身的传统挖掘得更深"的德国观念史学家 Reinhart Koselleck 的《批判与危机：启蒙运动与现代社会的病理》（MIt Press，1988）

《批判与危机》克塞勒克（MIT） 　《现代的正当性》布鲁姆伯格（MIT）

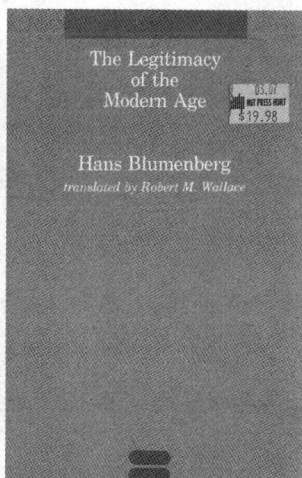

和 Hans Blumenberg 的《现代的正当性》（MIt Press，1983），我步出了 MIT 出版社书店。这时，令人晕眩的一幕出现了，如熊熊大火一般的晚霞已染红了整个 MIT 的上空。由于时近黄昏，晚霞已呈暗红色，仿佛是为了追逐最后的余晖，我急速地向晚霞映照下的 MIT 校园走去。但才过了两条街，抬头望去，天边的霞光却已消失在快速降临的夜幕中了。站在人来人往的十字路口，我若有所思：

MIT 的晚霞消失了，批判理论的余烬则有待于我们去重新点燃。

2008 年 1 月 2 日改毕于普林斯顿大学

FRIEND CENTER

下面是 Thomas McCarthy 教授为"当代德国社会思想研究"（Studies in Contemporary German Social Thought）丛书撰写的序言，此序虽写于 20 余年前，但今天看来仍不无意义。据我所知，此序言并未载于丛书每种书之前。我这里是根据 Hans Blumenberg 的 *The Legitimacy of Modern Age*（Mit Press，1983，1999 年第七次重印本）一书前的文本译出的：

从黑格尔和马克思，狄尔泰和韦伯，到弗洛伊德和法兰克福学派，德国社会理论一直享有一种无可争议的卓越地位。在由国家社会主义和第二次世界大战所带来的暴力中断之后，这种传统最近又得到了恢复，而且实际上当代德国社会思想研究已经开始逼近早先曾达到的高度。这种复兴的一个重要因素就是人文和社会科学的英文著作之快速和大量的译成德语出版，其结果就是当代德国的社会思想受到了盎格鲁－美利坚传统的观念和取径的显著影响。但遗憾的是，另一种方向的努力，也就是德语著作在英语世界的翻译和传播，却充其量只是零星的。这套丛书就是为了改变这种不平衡。

　　"社会思想"这个术语在这里是相当宽泛地来理解的，不但包括社会学的和政治学的思想本身，而且包括历史和哲学、心理学和语言学、美学和神学中带有社会关切的方面。"当代"这个术语在这里也是宽泛地理解的：虽然我们的注意力将主要集中在战后的思想家身上，但我们也将出版对于当代德国社会思想有显著影响的更早的思想家的撰述以及研究他们的著作。这个丛书草创之初，将先出版两类作者的著作的英译本，第一类作者在英语世界已经广为人知了，例如阿多诺、布洛赫、加达默尔、哈贝马斯、马尔库塞、里特尔（Ritter）；第二类作者取得了类似的成就，但在德国之外还不是十分知名，例如布鲁门伯格、佩克特（Peukert）、施密特、托尼森（Theuntissen）、图根德哈特。后续的卷次也将出版用英语撰就的论述当代德国社会思想及其诸维度的专著和论文集。

理解和挪用其他的传统就是去拓展自己的传统的视界。我们希望，通过开发一个久被忽视的智识宝藏，并使之能为英语世界的公众分享，本丛书将扩展我们的社会和政治话语的参照框架。

"渺远而又亲切，陌生却有温情"

——台湾访书散记

2007 年 3 月至 5 月，在台湾"中华发展基金会"的支持下，我应宜兰佛光大学之邀，担任该校客座教授，我此行的主要工作是在佛光哲学研究所主讲一门"自由主义与社群主义"的课程。虽然我的邀请人张培伦教授在我行前就已经开始热诚地为我张罗访台的行程了，然则长到这般岁数，这却是我第一次离开中国大陆，要独自面对如许不确定的行旅，那种兴奋和茫然兼而有之的心情在我这"面子"和"里子"俱薄之人似乎就是自然而然的。说出来不怕"有识之士"笑话，我至今还记得飞机在那时赴台必须中转的香港机场紧挨着湛蓝海湾的跑道上滑行时自己那份有些"飞扬"的心情，更不用说从忘记长荣还是国泰的航班上俯瞰台北桃园机场时的那种混合着迷离甚至些许感伤的情绪了——说来有些奇怪的是，这种情绪竟在此后伴随了我整整两个月。实话实说，在我内心对访台之行当然还是有所期待的，例如在宝岛访书就是我揣摩良久的一个重要规划，而按诸实情，仅就此点而言，我算是基本达成了此行的"目标"，虽然除了牟宗三先生的著述，我并没有事先开列好一张要收的书单去按图索骥！而事实上，无论是在台期间，还是在此后这些年的岁月中，我都一直有一种把自己的访书行程形诸文字的"企划"，但却也是如同我的许多其他计划一样一直延宕着没有付诸行动，于是那份无论在身历临境时还是在事后回忆中都曾经相当"浓烈"的心绪也就渐渐有些"稀释""淡漠"了。不过随着《北美访书记》之最终杀青，我似乎又重新有了"打捞"生命中这段记忆之"冲动"，只是时过境迁，当年的种种细节有不少都已经淡忘了，加以由于堆放空间问题，我的书籍向来都是散置四处殊少归类的，我当然也不可能为了这散淡的"文字游戏"再去仔细董理旧籍，于是就只好截取访书行程中若干至今印象较深的片段，浮其光掠其影，勉强串联成篇，一方面算是借此了却一桩其实多年来始终都未曾放下的"心事"，另一方面亦为西谚所谓"到过一天的地方可以说上一辈子，住了一辈子的地方连一句话也说不上"做一"旁证"云尔。

2012 年 3 月 5 日记

诚品书店

我的访问邀请人张培伦兄出身台大，师从林火旺教授以《自由主义与多元文化论》一文取得哲学博士学位后在佛光哲学研究所任教。培伦兄儒雅诚笃，复有一种他这个年龄的人少有的明达干练。其实我们此前从未谋面，大概由于他的博士论文是关于加拿大政治哲学家威尔·金利卡（Will Kymlicka）的，而我曾经翻译过后者的成名作、其实也是他的博士论文《自由主义、社群与文化》，就是这段文字因缘促成了我们之间以及我和台湾之间的这段"因缘"。

无论从哪个方面来讲，培伦兄都是一位百里挑一甚至千万里挑一的完美"地主"。记得他第一次陪我上台北，除了请出他的尊师林教授和我共餐，还带我仔细参观了他的母校，而颇有日式建筑遗风的台大校园给我印象最深的却还是要数校门内侧那口"傅钟"了，当时我还曾拍照留念。看了这口钟，我算是对"北大精神在台大"这一有点"吊诡"的"命题"有了一点"感性认识"，不过我最难忘怀的当然还是他带我去初次见识的"诚品书店"了。

如同我已经在别处"自曝"过的，正是在诚品书店，我第一次不是用人民币买了一本外文书，这本书乃是哈贝马斯的晚期弟子雷讷·福斯特的《正义之语境：超越自由主义和社群主义的政治哲学》(*Contexts of Justice: Political Philosophy beyond Liberalism and Communitarianism*, trans. By John M. M. Farrell, University of California Press, 2002)，记得当初得了这本书后，还曾和一位在德国念哲学的朋友开了一个玩笑——大概是调侃自己身上那种"身在曹营心在汉"的"尴尬"处境。我在这里指的是，虽然自己一直算是在英美哲学中讨生活的，但却向来对德语作者有一种"偏爱"，而我偏偏又不能读德文，于是就只好求助于英文本。至于收这本书的具体动因，我想一方面当然还是与自己对这个领域之关注甚至特殊情结有关：在我从事政治哲学"研究"的早期阶段，我曾应台湾一家出版公司之约，撰写过《社群主义》一书；对自由主义和社群主义之争的考察以及由此引发的问题在我的《从自由主义到后自由主义》一书中也占据着"构成性"的位置。另一方面，与薛华先生早年在《哈贝马斯的商谈伦理学》一书中所谓"在哲学史中如同在一般精神史领域，大家宁饮源头的水，而不愿品解释者的蜜"（许是化用歌德老人的格言？）相反，专事现代哲学的我常常会对于"后学"（也就是"解释者的蜜"）"情有独钟"——这里所谓"后学"，并不是坊间流行的"后现代主义"之简称，而是指诸"大师"之后学，比如哈贝马斯之后学，罗尔斯之后学。例如，我在诚品书店没有要罗尔斯的书，却

要了一本他的后学、英年早逝的女哲学家简·汉普顿
(Jean E. Hampton) 的《理性的权威》(*The Authority of Reason*, Cambridge University Press, 1998)。其实这部书是由汉普顿的丈夫、同在亚利桑那大学任教的 Richard Healey 编辑整理的她的遗稿,其格式常常会使人想起 Ronald Beiner 编辑的阿伦特的《康德政治哲学讲演录》,只不过阿伦特的思考(成果)是终止于她的打字机上的,而汉普顿的工作则戛然而止在电脑上——此书每一章的开首,都保留了这个文本在电脑上最终保存的时间。这些时间记录在让人不胜欷歔的同时,也让我想起多年前薛平先生在和我聊到由麦克道尔整理的他的同样英年早逝的亡友 Gareth Evans 的《指称种种》时说的话:"如果

《理性的权威》汉普顿
(Cambridge)

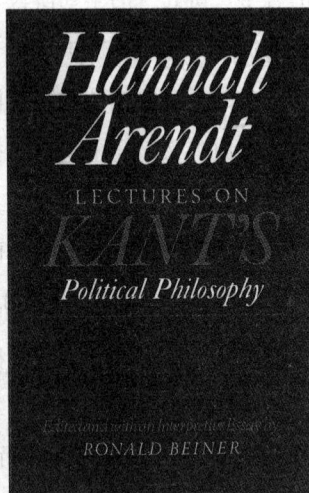

《康德政治哲学讲演录》阿伦特
(Chicago)

Evans 不是这么早去世，当代语言哲学发展可能就是另一个样子！"

我并不是很清楚这番话在多大程度上适用于汉普顿和当代道德政治哲学，不过我觉得它似乎可以用来为我的"后学癖"做一"辩解"——想想也是，我们不是柏拉图的后学，就是孔子的后学，我们甚至是他们"共同的""后学"，就正如我们不是康德的后学，就是黑格尔的后学；不是朱熹的后学，就是王阳明的后学，或者就是他们"共同的""后学"！认真说来，极端的"厚今薄古"和片面的"厚古薄今"只不过是一个硬币的两面，后者同样容易与它所批判的历史主义一样导致价值虚无主义。一相情愿的"思接千古"既不可欲，更不可行，因为古人的智慧也只有当它能够有效地回应我们当下面临的问题时才能够被重新"激活"和焕发光彩。显而易见，这样说并不是在鼓吹一味地追随所谓西学"前沿"，而无视哲学史和思想史的工作。我在诚品书店得到的两部严格说来既是哲学史的也是哲学的著作就能够很好地说明这一点。

一部是伯纳德·威廉姆斯的《笛卡尔：纯粹探究的计划》（*Descartes: The Project of Pure Enquiry*，Routledge，2005）。此书初版于 1978 年，我得到的是作者去世后由劳特莱奇重新发行的本子。17 世纪理性主义哲学研究专家 John Cottingham 教授为此书新版撰写了一篇简短的序言。

《笛卡尔：纯粹探究的计划》
威廉姆斯（Routledge）

威廉姆斯开宗明义就指出了哲学史与观念史的差别：观念史与其说是哲学的，不如说是历史的，而哲学史虽然也要用历史的方式确立它的对象，但"本真性的目标被阐述哲学观念的目标所取代"。威廉姆斯自承他的工作就是要对笛卡尔思想进行理性的重构，而这种重构之合理性本质上而且显然是按照一种当代的风格来理解的。威廉姆斯在这里用一个音乐上的类比来刻画哲学史中哲学与历史之间的关系，他拿斯特拉文斯基的《普尔钦奈拉》作为例子，这部作品的旋律来自佩尔戈莱西，而和声和弦乐则是斯特拉文斯基自己的。但是实际上，威廉姆斯也认为这个类比并不准确，因为旋律与和声之间的区分（主要）是在佩尔戈莱西的作品中给出的，而哲学著作的旋律在某种程度上却是由后续的哲学经验所决定的。

Cottingham 教授在他的新序中对威廉姆斯在"观念史"和"哲学史"之间作出的区分作了小小的发挥，不过他的重点却是在于指出威廉姆斯这部被誉为"复兴了英语世界之笛卡尔研究"的作品其实有一个更大的目标，那就是要通过"聚焦于我们当代的哲学文化所陷于其中的困境"，从而回答"我们是否不得不放弃哲学那种达到关于实在本性之本真知识的宏大的传统抱负？"按照威廉姆斯所主张的那种广义的解释，笛卡尔的"知识问题"完全超出了我们现在称作"知识论"这一专业学科的狭义范围，而威廉姆斯更为深刻的论题乃是指出，笛卡尔的最终目标是关于实在的一种"绝对观念"。所谓实在的"绝对观念"是指对于独立于思想的、独立于来自地方性文化语境之前见的、甚至独立于我们人类立场之特定视角的实在的观念。这种观念在威廉姆斯后来的《伦理学与哲学的局限》中也发挥了重要的作用，在那里，物理学是这种实在的"绝对观念"之典范，而伦理学则与之形成了鲜明的对照。我记得普特南在《事实与价值二分法的崩溃》中曾对这种观念提出了猛烈的批判，不过威廉姆斯之敏锐和坚定使他不可能轻易就成为相对主义者之花言巧语的俘虏，而普特南之批判似乎最多也是"能服人之口不能服人之心"。

如果说威廉姆斯的哲学立场其实并不简单，甚至足够复杂，而他的哲学史"方法论"则似乎要朴素得多，那么德国当代哲学家迪特·亨利希（Dieter Henrich）则无论在哲学立场还是在哲学史方法论（史学史）上都要更为耐人寻味一些。虽然我们在 80 年代流传过的那册《国外黑格尔哲学新论》就见过亨利希的论文，但我之真正对他有印象还是要追溯到自己做博士论文时，那时我在系资料室收藏的陈年《哲学杂志》(*The Journal of Philosophy*) 上见到过他的《同一性与客观性》一文，后来还在北图复制过他的《理性之统一性》(*The Unity of Reason: Essays on Kant's Philosophy*, ed. By Richard Velkley, Harvard University Press, 1994) 与《审美判断与世界的道德图景》(*Aesthetic Judgment and the Moral Image of the World*, ed. By Eckart Förster, Stanford University, 1992)。但这么多年过去了，我只记得江天骥先生曾在晚年的一个笔记中提到过前一本书，而亨利希的著作在中文世界更是一直都没有得到系统的译介，这不能不说是一件憾事。因此，当我在诚品的中文书架上见到台大彭文本教授翻译的《康德与黑格尔之间：德国观念论讲演录》(商周出版社，2006) 时，心中竟微微地有些激动。

《康德与黑格尔之间》
亨利希（商周出版社）

这个讲演录是由亨利希 1973 年哈佛课堂上的一位学生、后在埃默里大学任教的 David S. Pacini 整理的，那是亨利希首次应邀到哈佛讲课。据亨利希在英文版序言中说，是罗尔斯和卡维尔（Stanley Cavell）发出的这个邀请，这个后来被常态化的演讲一直持续到1984年。我们曾在《哈佛琐记》见到作者以生花妙笔描述他聆听这个演讲的感受，那应该是在这个逾十年之久的"跨洋对话"之末端了。亨利希在这个讲演的导论中把欧陆哲学与英美哲学的分裂和对立称作"费希特和柏克之间分歧的回响"，并认为直到1960年代早期之后，"一次世界大战持久不退的影响才开始逐渐消散，两种传统之间的鸿沟才开始逐渐变窄"。在这里，亨利希特别提到了海德格尔浪潮在欧陆之"结束"："哲学家们最终了解到，虽然海德格尔提出了远景，但他无法完成进行哲学所仰赖的概念架构的修正。维特根斯坦和他的后继者追求一个类似的计划反而获得青睐。"其实说这句话的人自己在这"正反"两方面都可谓身体力行者。亨利希和海氏的晚期弟子图根特哈特一样是在德国最早致力于推广和弘扬以维特根斯坦为代表的语言分析哲学运动的标志性人物。而且他们在某种程度上似乎也同样致力于"终结"——至少是"缓和"与"转化"——海德格尔的影响，例如图根特哈特就曾明言："海德格尔关于BEING之意义问题的思考只有在语言分析哲学框架内才能获得明晰真切的含义"。而亨利希早在50年代就撰有《论主体性之统一性：对海德格尔之康德解读的一个回应》一文，这篇文章收入了我前面提到过的《理性之统一性》这个文集，他在其中试图"把海德格尔对康德之最强烈的批判转化成对康德之方法论的一种积极的辩护"。从这个角度，我们不妨套用保罗·利科在《解释的冲突》中的"概念建筑术"，把这种浪潮称作"后海德格尔的康德主义"。而亨利希自己则在《讲演录》英文版序言中用"将后康德运动（post-Kantian movement）转化为一种可被接受的哲学观点"一语来刻画自己的哲学动机。在这里，"后康德的"一语会让人联想起"康德式的"这个表述，据说，在当代哲学家中，罗尔斯、芭芭拉·赫尔曼（Barbara Herman）、克里斯汀娜·科斯佳（Christian Korsgaard）、托马斯·希尔（Thomas Hill）、奥诺拉·奥尼尔（Onora O'Neill）、托马斯·内格尔（Thomas Nagel）、托马斯·斯坎伦（Thomas Scanlon）是康德式的，有趣的是在这个名单上，罗尔斯后面这几位无一例外都是他的学生，而查尔斯·泰勒、斯坦利·卡维尔、哈贝马斯、罗蒂、查尔斯·拉莫尔（Charles Larmore）、雷蒙·高斯（Raymond Geuss）、阿伦·伍德（Allen Wood）、罗伯特·皮平（Robert Pippin）则是"后康德的"；在这样的语境中，我经常会想起多年来对于牟宗三先生之哲学定位的争论，记得最早有人称之为"康德式的"，后来又有称之为"黑格尔式的"，最近又有人称之为"费希特式的"。不过我觉得在上述的界定下，就还是"后康德的"最为恰当妥帖。其实，就连"后黑格尔的"和"后海德格尔的"不也都是"后康德的"吗？于是也还是利科说得最好：

从年代学来说，黑格尔晚于康德；但是我们后来的读者总是在这两人之间摇摆；在我们身上，黑格尔的某些东西战胜了康德的某些东西；但是康德的某些东西也战胜了黑格尔的某些东西，因为我们是极端的后黑格尔主义者，也是后康德主义者。在我看来，构成今天哲学话语的，仍然是这样的交替更换的历程。这就是为什么我们的使命就是要通过一起思考他们而更合理地思考他们：用其中一个来反对另一个，并且通过其中一个来思考另一个。即使我们开始考虑其他事情，这个"更加合理地思考康德和黑格尔"也是以这种或那种方式属于这种"不同于康德和黑格尔而进行思考"。

学生书局

我之得知学生书局，确凿无疑地说，就是因为牟宗三先生的大部分著作都是由这个书局出版的，而仔细想来，我之真正对牟先生的哲学留下深刻印象，既不是通过我大学时所学过的近现代中国哲学课程，也不是通过牟先生本人的著作，而是我大学毕业后到舟山工作时，在单位中见到的一种当时大概算是影印出版的"港台哲学资料选辑"上的相关文章，记得是十六开竖排蓝封面的一种看上去有些另类的读物，也许是北京图书馆影印、书目文献出版发行的吧。从那些论文所转述和引证的相关论述中，深感牟先生所论种种似"深得我心"。1990年秋天，我来到上海社科院哲学所念书，现在让我说，这里最有特色也使我得益最多的一个所在就是它的港台阅览室——其所藏可能在整个中国大陆也属"宏富"之列，例如它当时就收藏了牟先

《现象与物自身》牟宗三（学生书局）

生的几乎全部著述。淮海中路 622 弄 7 号的 3 年，我虽不敢说遍读牟著，但那种浸润其间的感受无疑是让我终生难忘和受益的。回想起来，似乎也有个别牟著是这个阅览室所漏藏的，记得《时代与感受》以及其时出版未久的《圆善论》我好像就是从罗义俊先生处借来阅读的。

2006 年 12 月初，在到广州中山大学参加倪梁康教授为庆祝西学东渐文献馆成立而召开的一次学术会议的前夕，我通过这个会议事先提供的论文集见到了李明辉教授提交的论文《关于"海洋文化的儒学"与"法政主体"的省思》。在带着一种兴奋的思绪念完此文后，当时还颇想拜读文中着重讨论的蒋年丰教授的一篇文章（内容主旨是用罗尔斯"补充"牟宗三），于是冒昧地按照会议手册上的联系方式，给明辉教授写去了一份邮件。记得那次会议茶歇时，我正在走廊上和梁康教授及他的一众男女弟子聊天，只见明辉教授就过来和我招呼了（应该是我先招呼了下吧！），并当即从文件夹中取出他为我复印的蒋教授的那篇文章，还极为儒雅地用台式国语对我说："我们得空好好聊聊！"

转年 3 月，我将有台岛之行，作为我的访书计划之唯一"准备工作"，我写信给明辉教授了解牟先生著作之出版和流通情况，承他相告，牟著已有全集版行世，即使不欲购买全集，单行本也得之甚易，并说到时可陪我去书店搜寻。等我到了台湾，发现牟先生的各种著述确如明辉教授所云仍在不断印行，在各种大小书店都能见到一些，如果刻意求全，多跑几家店差不多也是能够找到的。于是专程跑去学生书局"朝圣"抑或"寻梦"的计划也就一直延搁着没有实施。

大概是那年的4月中下旬吧，应林远泽教授之邀，我到位于中坜的中央大学访问并演讲，在和远泽兄聊天时，我偶然得知牟门高足、《鹅湖》的台柱人物杨祖汉教授其时正在中央大学中文系主任任上，我想起自己当年曾把《斯特劳森的哲学图像》一文交给《鹅湖学志》并获刊用，记得当时祖汉教授还给我一信并转来审稿人的评审意见，于是我就和远泽兄提出想顺道拜访下祖汉教授，刚好那天祖汉教授正好在系里处理系务，他对我当年投稿事似乎还有印象，于是中午就是他请我在中央大学的餐厅共进午餐。席间当然大部分时间都是我在向他请益并细心聆听。祖汉教授义理烂熟于胸，辞章妙若莲花，侃侃而谈中尤以阐发"义命分立"之"歧出"与"义命合一"之"自然"最为精到细致。记得闲聊间我还向他咨询学生书局的情况，祖汉教授当即为我写下了牟先生著作中似亦提及过的那位黄小姐的电话，并告诉我这位黄小姐已离开书局，现在开了一家书店（詹康教授在看了此文后提醒我回想起这家书店的名称是"乐学书局"），举凡学生书局的出版物在这家店中应大致都能够找到。

按照祖汉教授提供的地址，我于是就在某天到台北时专程到这家书店。说是书店，其实却像是80年代在大陆曾经流行过的由各出版社自办的所谓读者服务部，记得当年三联、商务和中华书局都有过这样的服务部，上海古籍和人民社也有这类服务。这是图书市场还没有"搞活"这种特定历史条件下的产物，其时它的一个主要功能就是邮购，我自己就分别从这些个服务部邮购过，至今插架抽架时冷不丁还会从当年的旧书中掉出邮购的发票，发票上照例还会在书价下面再列出邮费清单。黄小姐的书店也并不在街面一层，而是在一幢办公楼上一个显得有些逼仄的房间中。可以想见，书店所收以国学类为主，品种颇多，品类整齐，还有不少"中央研究院"早年的出版品，包括史语所的专刊，记得有一册《明季流寇始末》；还有台大文史丛刊中的一种：《为政略殉：论抗战初期京沪地区作战》。所营书籍也完全不限于学生书局的出版物，我在其中似乎也没有买牟先生的书——当然主要是因为此前已经收得差不多了——所得印象最深的两本书则分别是余英时先生的《陈寅恪晚年诗文释证》和高华先生的《红太阳是怎样升起的》。说来有些奇怪，此前我在台北大小各类书店中都没有见过这部给我磨灭不去之印象的余

《陈寅恪晚年诗文释证》
余英时（东大图书）

著；而回程在香港转机时，我有时间在机场内转悠，记得"遍地"都是《红太阳》，这时想起我的《红太阳》正"不知生死"地"漂洋过海来看我"（我离台前已托运走所有书籍），才明白自己确是有些"舍近求远"了，于是就按照钱永祥先生在我返杭前给我的推荐，在机场那红红绿绿的"宫廷文学"中要了本旅法学者陈彦的《中国之觉醒：文革后中国思想演变历程1976—2002》以作到港"一游"之"纪念"。

说到这里，我倒是突然有一语有不已于言者：在某种程度上，我觉得余著和高著实在堪称是"姐妹篇"！不过我无法在这里"发皇心曲"，详论这一点，而只想几乎没有"微言大义"地讲一则"故事"。记得前年10月在人民大学开完一个政治哲学会议后，我在自己的部落格中"爆料"说看到沪上某著名高校的两位哲学知名教授在给本科生做"通识教育"时对《红太阳》一著发动了猛烈的批判。收到我的部落格后，诸位高僧大德"照例"都"谦虚"着没有反应，只有海峡对岸的钱永祥先生非常警觉和敏感地追问在哪里可以找到这个批评，其实我实在是有点羞于把这个批评的"内容"直接告诉给永祥先生，于是就不自量力地试图和他来个"君子约定"：我提供这个批评的网址，而请钱先生提供他的观感。虽然我事先就有一种不祥的预感，但当我发出网址接下来面对"石沉大海"般的"窘境"时，还是忍不住要感叹："姜毕竟还是老的辣呀！"

台北，台大

4、5月份是台湾最美的时节，佛光大学在此期间安排了一周左右的假期。培伦兄考虑到如此"长假"，我一人待在几乎空无一人的学校未免寂寞，于是就把我介绍给他在佛光学务处的一位王姓同人，安排我假期就借住在这位王先生在永和县的家。反正台北的捷运很便捷，这样我可用这个假期在台北好好逛逛。这位王先生非常NICE，记得有次夜间还陪我到他家附近的公园散步，不知怎么我就谈起了自己那时很爱听的一首闽南歌曲，王先生于是就如数家珍地为我介绍了台湾最有名的一些台语歌手。

虽然台北之于我最有吸引力的地方乃是它的书店，不过我也还是到了两处最主要的"观光点"，一处就是"故宫博物院"，是博士毕业于丹佛大学后在佛光政治系任教的林炫向教授贤伉俪陪我去参观的。据炫向兄介绍，由于这个博物院的场地太小，而文物太过繁富，所以它的藏品实际上是在轮流展出的，加以不时会有一些国际上的展览，所以大概一般人永远不会有机会看过它的所有收藏。不过我此行中最遗憾的乃是与苏东坡的《赤壁赋》擦肩而过，"缘悭一面"。其实我刚到台湾时它还在展出的，但我一直拖延着没有及时去参观。当得知这件宝物已经"下架"时，我记得炫向兄脸上的沮丧之情简直比我还要严重！仿佛是为了对我作出某种"弥补"，他还带我去享用了士林夜市，让我对台湾的小吃文化留下了初步的印象。

正所谓"亦古亦今"，我的另一处观光点就是著名的101大厦，我在大厦顶上俯瞰了台北全景，还在大厦里初步"体验"了台北之"奢华"，不过我印象最深的仍然要数里面的一家书店：PAGE ONE，这家连锁店的总部好像是设在新加坡的。记得我在里面要了两本书，一本是Andrew Pyle所编的当代英美哲学家访谈录，其中还有前面提及过的汉普顿女士的一个访谈；另一本是Ronald Beiner和William James Booth合编的《康德与政治哲学：当代遗产》（*Kant and Political Philosophy: The Contemporary Legacy*，Yale University Press，1993）。这个集子引人注目地题献给朱迪丝·史克拉（Judith Shklar），所收均是这个议题上最顶级的名家之作，例如刘易斯·贝克（Lewis White Beck），迪特·亨利希，当然还有哈贝马斯、罗尔斯、查尔斯·泰勒和伽达默尔，让人颇有"眼前有景道不得"之叹。但是当我后来在诚品书店一个不起眼的角落发现同样一本书（前几次来时显然由于对拼音文字的不太适应而漏看）价格却要比PAGE ONE低一些时，我的那份喜悦就打了很大的折扣——不过想想也不奇怪，一是到101大厦里的人大概很少有来逛书店的，二是来逛书店的大概也都是有钱人，三是相对于周围那些名品店里的物件，书的价格怎么也算是"低廉"的吧。

其实台北最大的文化"地标"恐怕还是得数台大，至少对我而言是这样。不过我这里所谓台大，主要是指台大周围，特别是门口的那些书店。浏览完那些书肆，一个很深的感触是大陆出版的各类书籍在那些书店中占有颇大的份额，甚至还有专营这类书籍的书店，台湾同胞称作简体字书店。照我的观察，除了古籍类图书，对台湾的图书市场影响比较大的恐怕还要数大陆学者的翻译作品了，很多品种几乎是和大陆同步上市的。记得我们的当代政治哲学读本出来刚不久，钱永祥先生就告诉我他的助理已经在台大门口的书店买到了。而李明辉教授也曾经告诉我他在台大开的一门关于自由理论的专题讨论课就选用了我们编译的《第三种自由》作为主要参考文献。台湾翻译事业之凋敝初看是一个"劳动力"价格问题，而说到底恐怕还是一个学术市场问题——不过市场再小，也还是有"需求"的，再加上据行内人告诉我，台湾一般大学甚至研究所学生这些年的英文程度也有所下降，这也部分地解释了我们编译的读本和翻译的作品在台湾的"受欢迎"程度。

对我来说，台大门口有吸引力的书店显然不可能是那些简体字书店，而是那几家外文书店以及由上海三辉公司和联经出版事业公司合办的上海书店中那些联经的出版品。

相对于诚品书店，这些外文书店的规模要小得多了，不过既然是开在台湾最高学府旁边，书的品种无疑要更有些"档次"——总的来说，是古典凝重和时尚前卫两条腿走路，平行不悖的。初步的印象，我觉得那两家书店（店名记得是书林和双叶）的价

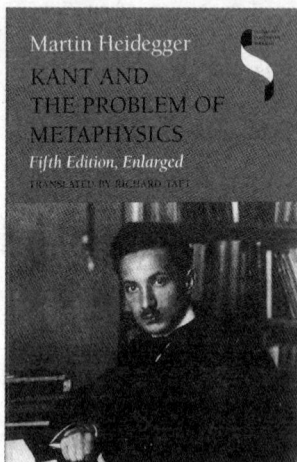

《康德与形而上学问题》
海德格尔（Bloomington）

格都比较高，不过我也还是买了点书，除了我在别处提到过的海德格尔的《康德与形而上学问题》英译本，我记忆最深的要数卢曼（Niklas Luhmann）的小册子《现代性诸观察》（*Observations on Modernity*，trans. By William Whobrey，Stanford University Press，1998），之所以如此只是因为它的价格：小开本口袋书只160页索价却要八九百新台币元！

我对于联经出版品的特殊情感说来也还是要回溯到我在上海社科院念书时在其中浸泡了两三年的那个港台阅览室，除了牟宗三和余英时两家的著述，我在那里还"邂逅"了联经的那套"现代名著译丛"，我所读过的这套丛书中的书，除了伯林的《自由四论》和泰勒的《黑格尔与现代社会》，还有《阿奎那政治著作选》的英文版

编者唐特雷佛（登特列夫）教授的《自然法》，雷蒙·阿隆的《知识分子的鸦片》，以及休斯的《意识与社会》，但这些书中，《自由四论》早就脱销了，其他几种也甚难觅得，只有《黑格尔与现代社会》赫然在架，于是虽然我手里20年前就已有此书的复印件，还是决定要了一册留作"纪念"。

当然，一向"中西并进"的我还是在上海书店要了点儿国学书，记得其中有周策纵教授的《古巫医与"六诗"考——中国浪漫文学探源》。另外，除了《编户齐民》这一"代表作"，我还要了册杜正胜教授翻译的日人白川静的《诗经的世界》。

对了，在台北逛书店还有一个好去处，那就是重庆路书店"一条街"，据说台湾"解严"之前，这里是包

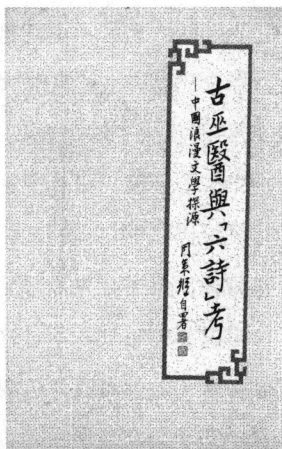

《古巫医与"六诗"考》周策纵

《编户齐民》杜正胜（联经）

括"西马"在内的诸多"违禁"读物之集散处。当然现在那类书店已经不复存在至少是不复当年"红火"了。颇有意思的是,坐落在这条街上的台湾商务印书馆门市里却颇多香港中文大学出版社的书(大概是因为前者是后者在台湾的代理),例如邹说教授的几种书,还有劳思光先生的三位弟子、江湖上人称刘(国英)关(子尹)张(灿辉)的三位教授为尊师重编的论著集,除了劳先生那部由牟宗三先生作序的成名作,也就是他的"康德书"——《康德知识论要义新编》,我还"不惜重金"要了一册刘国英教授编的《文化哲学讲演录》。劳先生叱咤哲坛数十年,集哲学史家和哲学家于一身,不过除了"康德书"以及流传最广的《中国哲学史》,似乎较少体系性和系统性(虽然这两者翻译成英文是同一个词)的著作。在某种程度上,《文化哲学讲演录》可谓其"晚年定论",编者刘国英教授似乎也是这样认为的。说到这里,我想起自己刚到宜兰不久,培伦兄就带我去华梵大学参加过一个会议,记得牟博教授也参加了这个会议,不过我之参加——其实是旁听——这个会议,只是想去"瞻仰"一下为大会主旨演说的这位台湾"中央研究院"唯一的哲学院士。我虽并不谙熟劳著,但当劳先生开始演说后,我马上就有一种"似曾相识"的感觉,不过这种"聆听"在我这儿却仍然是很有意义的,而我旁边的培伦兄这时却露出了"鬼脸",我一边也想跟着笑,一边却在心里暗暗思忖:台湾的哲学同人可真是"身在福中不知福"啊!

重庆路上还有家书店（大概是三民书局的门市）里面颇多法政类图书，例如萨孟武先生早年的作品可谓琳琅满目，我思量之下还是要了一册大部头的《政治学》，不管人们怎么看他们与当时诸种意识形态的距离与纠结，这些中国现代政治学的老前辈确实有其为"后学"所不可及处。然则书店中最吸引我注意的还是那部吴庚教授的寿庆文集，其中有萧高彦教授的那篇名作《西哀斯的制宪权概念》，不过我已经用不着买这本书了，因为萧教授已经把这个大部头文集赠送给了我，而最令人感动的莫过于他还特意仔细地在他那篇文章的开首页上贴了一张便笺，上面写着"萧高彦谨贻（致？）"。当然，我也没有"辜负"萧教授，除了《共和主义与现代政治》，他的大作中就要数论西哀斯一文是我念得最为细致的了。

师大夜市

　　虽然早听说师大夜市也算是台北一景，不过我之逛这个夜市却完全是一桩"阴差阳错"的事。记得那天我在台大图书馆逗留了颇长时间——检索想要的书，然后在中外文书库"漫游"，而最后一个"节目"是用自己购买的复印券在复印机上自己动手复印汉斯·布鲁门伯格（Hans Blumenberg）的《现代之正当性》（*The Legitimacy of Modern Age*，trans. By Robert M. Wallace，MIT Press，1985）一著。此书 MIT 出版的英译本厚达 677 页。当我"汗流浃背"地复印完这本书（这严格说来当然是有点儿"侵犯"知识产权的行为！）时，抬头看表，按照我事先做过的"功课"，我清楚地知道台北车站已经没有开往宜兰的火车了，这意味着我必须在台北过夜，可是到哪儿去住宿呢？正在茫然之际，一位在台大图书馆找资料的女记者好心地建议我可去师大的校内招待所投宿，于是就有了我计划外的师大夜市行。

　　所谓夜市，用大陆的话讲，就是小吃一条街。当我在条件颇为简陋的师大内招安顿好，逛到那条街上时，早已是人头攒动了，这种场合照例是清一色的年轻人，望着那个其实颇为局促的空间中的一张张青春洋溢到过剩的脸，我不知为何一时就涌上了某种复杂的心绪——

有一点忧伤，有一点惆怅，有一点落寞，也有一点无奈。细玩之下，大概所谓"怅望不甘"一语是最适合用来形容这种情绪的。不过要说明的是，也许这种情绪主要并不是源于我的自嗟自伤、自怨自艾，而更多地是一种"在地"的感受，于是我想起了初看上去没有什么关联的三件"事"：一是据说台湾电视上是没有国际新闻的。二是我的一位可敬的同事经常感叹的：为什么施特劳斯派在大陆能够折腾出这么大的"动静"，而台湾虽然有正派的再传弟子，却掀不起什么"波浪"呢？三是我在到东吴大学交流演讲完毕，张培伦兄和东吴哲学系的沈享民教授陪我到钱宾四先生的故居素书楼参观时，面对我谈到的"老问题"——现代新儒学的"开出论"，享民兄脱口而出："我们这里已经没有这个焦虑了！"

当然，师大的"小吃一条街"与大陆类似一条街的最大不同大概在于那不足两三百米的街道上竟密布着五六家书店。估计因为这些书店的定位在于在校大学生，基本以教材和相对廉价的小开本文库读物为主，以致我在其间徜徉甚久，却收获甚微，最后为了"不虚此行"，只在号称"全国最便宜的书店"的水准书局要了"新潮文库"中的两本书。一种是钱志纯先生编译的笛卡尔著作选集《我思故我在》，这位钱先生是浙江玉环人，是一位天主教徒，早年在意大利攻读神学和哲学，精通拉丁文、意大利文和法文，后长期在辅仁哲学研究所任教，晚岁任花莲教区主教。而我之所以识得他的大名，盖由于当年做博士论文时复印过他早年编译的那册《论指谓》（辅仁出版社，1977）。这个集子收录了弗雷格、罗素和斯特劳森论指谓的相关文字，还有编译者的若干疏解，虽不算十分详尽，倒也要言不烦。不能见到"故人"，得本书作为纪念也是好的。另一种

《郑愁予诗选集》（志文出版社）

是《郑愁予诗选集》。说来有些可笑，我虽曾被包括冯克利教授在内的某些人误为"文青"，却从没有念过这位诗人的诗，是一位以前的朋友告诉我的这位诗人，于是就让我抄出当年引出这位诗人的那些诗行：

> 你说，你真傻，多像那放风筝的孩子
>
> 本不该缚它又放它
>
> 风筝去了，留一线断了的错误
>
> 书太厚了，本不该掀开扉页的；
>
> 沙滩太长，本不该走出足印的。
>
> 云出自岫谷，泉水滴自石隙，
>
> 一切都开始了，而海洋在何处？
>
> "独木桥"的初遇已成往事了，

如今又已是广阔的草原了，

我已失去扶持你专宠的权利；

红与白糅蓝于晚天，错得多美丽，

而我不错入金果的园林，

却误入维特的墓地……

在师大夜市得到愁予诗的这个"定本"，我才知这首诗乃是见于《梦土上》中的《赋别》。

印顺法师

　　我之得知印顺法师，大概最早是通过上海书店二十年前影印的那部《中国禅宗史》，这是因为佛教史和佛教哲学是我大学后半段的主要兴趣点，当时屈指可数的这方面的书籍和读物都很少有逃出我的"法眼"的。不过我真正对法师有较深印象，还是因为牟宗三先生曾在《佛性和般若》中多次提及他的工作。于是在我脑中是朦胧闪现过想要在此行中搜寻些法师作品之念头的。但是因为我于佛学之素养毕竟太过有限，而那份"偏好"也更像是叶公好龙，于是在我的访书行程中与法师的"遭遇"就更有了几分因缘凑泊的况味。

　　佛光大学校园内有一家不错的书坊，我闲来无事时经常会去那里转一转，记得书架上就有些印顺法师的书，大概是《妙云集》中零散的几种，或者也有少量单行的大部头，我记不太清楚了。不管怎样，从那时开始，我就有意

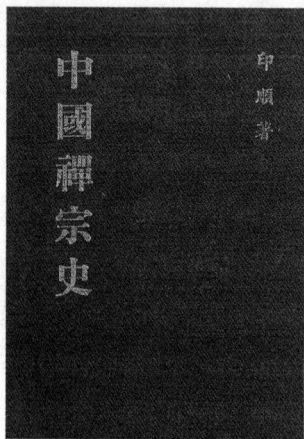

《中国禅宗史》印顺（正闻出版社）

识地留意起法师的著作了。记得当时与佛光的一位同人聊天，还随意问及哪里可以找到全套《妙云集》，这位同人回答网络上全部可以下载到的！

佛教文化在台湾确实有相当大的影响，"水涨船高"，法师的书似乎也像牟先生的书一样有很高的"普及率"——至少搜寻甚易，当然得是在正确的路径下。记得某天傍晚我在礁溪还是罗东镇上闲逛时，忽然在一个街角发现一家类似"法物流通处"的小店，于是连忙进去转了转——这个转悠法物流通处的习惯是和我对于佛学的兴趣一同"养成"的，回溯一下大概也有二十多年了—— 一会儿就在一堆不甚整齐的读物中翻出了法师的《游心法海六十年》和《无诤之辨》两个小册子，自然是喜不自胜。不过我与法师的"因缘"还在后面，且容我一一道来。

那年的4月下旬，我到嘉义中正大学和南华大学访问，在中正校门口的西餐厅和中正的同人们聚餐时遇到牟先生的晚期弟子尤惠贞教授夫妇，尤教授后来还参加了我在南华的演讲。在和她还有她的一位研究生聊天时，我得知印顺法师曾在其中闭关（法师弟子称之为掩关，而法师自谓安住）一年的妙云兰若和南华大学相距甚迩，而尤教授的这位记得是林姓的研究生刚好也是一位佛徒（他的父亲是一位在家居士），而且和妙云兰若中人相熟，闻听之下，我就忍不住大咧着提出希望他能陪我前去一游——我显然觉得提出这个要求比要求他们陪我上阿里山来得"理直气壮"得多（事实上我确实是一个人上的阿里山！）。于是第二天我们就驱车来到了这个让我永生难忘的所在。法师的一位女弟子（很遗憾我忘记她的法号了）热情地接待了我们，为我们介绍了法师在此闭关时的起居，并赠送给我们一些记录法师生平和著述的资料，告别时还和我们在妙云兰若前合影留念。

说来凑巧的是，在回到宜兰后的某个夜晚，我在一个电视频道上偶然看到台湾大爱电视台制作的动画片《印顺导师传》，深夜中觉得颇为亲切和感动，就萌生了寻觅此片光碟之念。不几日培伦兄和我即有花莲东华大学一行。返程经过慈济总部时，我提出进去转转。出乎我意料的是，我在慈济的"接待大厅"见到了法师的几乎全部著作，还有各色纪念物品，在大饱眼福的同时，我想起了那个卡通片的光碟，不料却被告知此碟是在一个礼盒内和其他纪念品一起出售的，许是我对于这种"捆绑"似乎本能地不是很能够接受（这也许要归咎于我的 NEAT"情结"），而这时培伦兄在旁边说了一句"我回去再帮你老兄别处找找看"竟然就让我选择了放弃，这是我至今引以为憾的——虽然现在网络上就已经很容易看到这个片子了，就正如法师的大部分作品现在都已有了中华书局的简体字版。不过为了自己当年的那份"寻寻觅觅"，我还是要在这里"晾晒"下我的书单：

《般若经讲记》

《中观论颂讲记》

《成佛之道》

《我之宗教观》

《华雨香云》

《印度佛教思想史》

《如来藏之研究》

《空之探究》

《原始佛教圣典之集成》

《初期大乘佛教之起源与开展》

《中国古代民族文化与神话之研究》

记不得是否还有别的书了，似乎并没有《摄大乘论讲记》，因为这书我是去年暑假在杭州中天竺得到的福建莆田广化寺印行本（未标年月），虽然我在此前就已经见到了中华书局的简体字版，但我记得我那堆书中一定有《中国禅宗史》，原因无它，只因为那正是这场"因缘"之开端。

佛光大学

　　佛光大学位于宜兰温泉之乡礁溪林美山上。虽然校园是清一色的现代建筑，它的创校理念却是书院制的现代大学。我大概并无资格具体评价这种办学理念，不过我至少觉得林美山上那得天独厚的环境确实是很适合书院的理想的。这个校园其实是位于一个地势比较陡峭的山坡上，可以想见当初建校时是费了相当大人力物力的。虽然"后势"并不是很有纵深感，但倒是显得错落有致；另外，其地最有特色之处在于可从校园俯瞰整个兰阳平原，天气好时，还可远眺太平洋。

　　据培伦兄见告，我到访那个年度佛光向"中华发展基金"申请推荐的学者不止我一位，但最后只有本人"中式"，于是校长颇为重视，还特意拨出他掌握的"专用公寓"，其实空间和其他教师公寓一样，只是多出了一个大露台。受此"礼遇"，我在感到汗颜的同时也不免有些"踌躇"。不过这幢公寓的最大"好处"还是在于每到周末，几乎就只有我一个人居住——因为佛光的老师大部分住在台北，小部分住在林美山下的乡镇，例如培伦兄当时就住在员山乡。每当夜深人静，我一边伏案工作，一边打开着培伦为我送来的电视，播放的照例都是些"男欢女爱""哥哥妹妹"的台语歌曲；只有一次例外，电视上突然播出庄严肃穆的乐曲，我抬头一看，原来是莫斯科正在举行叶利钦的东正教葬礼！

佛光哲学所的规模并不大，拢共也就五六位专任教员。系所主任黄庆明教授早年毕业于台大，后来在中国文化大学得到博士学位。黄先生通达洒落，对我非常友善，刚到佛光的第一天他就带我拜会了翁政义校长，由校长亲自授予我客座教授的聘书。平时有系所活动时也经常叫上我，少有把我当作外人。还记得有一次倪梁康教授委托我找一篇文化大学的佛学博士学位论文，我多方努力未果，后来只好求助于黄教授，他慷慨地利用他在文化大学的"人脉"帮我找来了这篇论文。另一位同人戚国雄教授也出身于文化大学，我们之间的接触要多一些，他还在他的课堂上请我做了两次演讲。记得一次他提及我翻译的《事实与价值二分法的崩溃》，他说是逐句对照过英文，觉得不错。为了他的这句"美言"，我们甚至一度讨论过一起翻译一本什么书。史伟民教授毕业于德国哥廷根大学，专长是德国观念论，我们交往不多，不过有一次我同他提及在书店见到他翻译的曾任德国文化部长的 Julian Nida-Rümelin 教授的《结构性的理性：一篇有关实践理性的哲学论文》，记得不几天他就在我信箱中放了这本书。又记得有一次，系所秘书黄淑惠女士交给我一本拙著《概念图式与形而上学》，我正在讶异怎么会在这儿见到这本书，原来是出身台大的中国哲学教师林久络博士想要我在这本他读过的书上签个名！

说到黄淑惠女士，我得毫不夸张地说，这是我所见过的最为敬业的行政和教学秘书。按照"多一事不如少一事"的"原则"，我的到来其实是增加了她的工作负担，而事实上我所得到她的照顾常常会让我自己都觉得有些受之有愧。我不想在此多做发挥，或者与哪里的情况作什么对比，其实她身上最让我感动的是那份自足性和自尊感，也就是说，她已经不是把这份工作作为一种单纯的谋生手段，而是和她对职业、生活乃至生命的理解联系在一起的。我能说的是，也许在一定的德性条件和健全制度以及某种制度文化支撑之下，要做到一点并不是多么艰难，但要破坏使做到这一点成为可能的那些条件却可能甚为容易。

记得在即将结束整个访问的前些天，我彻底地清查了佛光的外文书库，想把一些自己有可能会用到的书复印回去。也是淑惠女士和图书馆沟通，予我方便，让我同时可以借出上百本书；也是她为我联系复印（台湾同人谓之"做书"）事宜，并在拿到这批书后亲自载我下山到邮局寄出这些书。说到这里，也还有个细节值得一说，我在图书馆翻阅这批书时，经常会看到一些书上标明着某位教授的项目名称，我后来才知道，按照台湾的科研管理体制，得到"国科会"支持的项目必须在完成后把图书上交给所在学校和科研机构的图书馆。在一向对各类"管理"持消极态度的我看来，这倒是一个很好的"管理"办法，虽然"没有调查就没有发言权"，我并不清楚这个办法在多大程度上可以适用于大陆的科研项目管理。

最后我也觉得很有必要提一下佛光校内的那家书店（他们一般称作书局），我经常光顾那里，也买过些书，有一本唐德刚写毛泽东的书给了我较深印象，但多数时候就只是享受那种随意翻阅的乐趣。记得有一次书局的那位小姐还对我说，如果要什么书，她可以到台北帮我带过来，但因为在培伦兄的"周密"擘画安排下，我其实时常去台北，因此也就并没有去劳动她。等我就要走的时候，我还惦记着书局中的那部分为上下册的《四分溪论学集》，四分溪是台湾"中研院"所在地南港的一条溪，这个文集是"中研院"李远哲院长七十寿庆的论文集，其实我只是想要其中劳思光先生那篇题为《论非绝对主义的新基础主义》的文章，经过一番混合着"工具理性"与"价值理性"的思虑，我最后还是"腆着脸"向书局的小姐提出希望把这本书"借"我复印一下。闻听我言，这位善解人意的小姐显然感到有点儿意外，但还是很爽快地答应了。遗憾的是，我现在已经不记得把劳院士的这篇文章放到哪儿去了。不过我记得的是，刘笑敢教授所编的《中国哲学与文化》已经分两期连载了这篇宏文，于是坊间已得之甚易矣。

环岛壮举

　　我离台前曾经给岛上各位早先就结识的和在此行中刚结识的同人和朋友发去了一封告别信，记得谢世民教授回复中有这样一句："很佩服应兄的环岛壮举"。呵呵，这话在某种程度上也确实是对的——托培伦兄多方筹划和精心安排之福，除了最南端的垦丁岛和台中的东海大学，台湾主要的观光点和最重要的大学和研究机构我基本上都走了一遍。不过这篇访书记并没有义务报告我的观光体会，于是我在这里将仅仅择取我的环岛游中与访书至少是书籍有关的若干片段，白笔素描，提要钩玄，所谓读书得间，尝脔知味，也许我的文字还有志谊怀人之功效亦未可知呢。

　　那年4月下旬的某一天，培伦兄载我从宜兰出发，先到桃园大溪蒋氏父子暂厝地观光，然后送我到中坜中央大学，其时在这里任教的林远泽兄邀请我在其课程上为他的学生做一个演讲。我的演讲固无足道哉，不过却有个细节值得在此一记。那天的课堂上来了一位在中央大学任教的冯姓著名人士，记得在"互动"时他提出了一个涉及"时政"的问题，我照例作了如实的回答，结果没等整个课程结束，这位先生就有点"悻悻然"地离席了。我似乎意识到了点儿什么，于是把目光转向远泽兄，承他直率相告："你老兄说话是很直率。"

我与远泽兄是初次谋面，不过由于某种特殊的"渊源"，似乎颇有一见如故之感。除了陪我到阳明山和台湾风光旖旎的东北角看海，他还邀我到他府上做客，在他那令人艳羡的书房，指着高及梁柱的大书架上一排排的洋书（当然也有不少大陆的简体字书，那是远泽兄备课时不时要用上的），远泽兄兴致勃勃地和我谈起了在柏林求学时逛旧书店的经历，还特意取下一部"古色古香"的精装书向我"显摆"，我记得这部书好像是陈康先生的导师尼古拉·哈特曼的《伦理学》德文初版。

其实我最早得知远泽兄的大名和了解他的工作，是因为偶然在网上看到他最初发表在《当代》上的一篇小文，由于所论"紧扣"我一直关心的议题，颇多精义而又要言不烦，给我留下了极深的印象。后来在通过某种渠道建立联系之后，远泽兄还把他往年发表的文章以及将刊的新作寄赠与我，那次见面时他又送给我若干抽印本。记得我是在他的引证中第一次得知克里斯汀娜·娜丰的大作《解释学哲学中的语言学转向》的，当时还提出想要得到此书的复印件，及至我结束环岛游回到宜兰，远泽兄帮我印制的这本书就已经在佛光静候我了。

在我们的聊天中，远泽兄谈得比较多的仍然是他的主业，也就是对话伦理学以及相关的话题。记得他谈到过哈贝马斯得莱布尼茨基金之助聚天下英才为《事实与规范之间》做前期准备的盛况，还谈到哈贝马斯揄扬弟子之"不遗余力"——这方面我倒是有一个"旁证"的，据陈波教授报道，作为"当代世界哲学名著"计划的"摸底"工作，他曾向包括哈贝马斯在内的当代著名哲学家征询对于 20 世纪最有影响之哲学著作的意见，哈贝马斯毫不犹豫也毫不客气地推荐了他的弟子的两部书：霍耐特的《为承认而斗争》和我前面提到过的福斯特的《正义的语境》。现在我们经常听到古老东方之美德将"反哺"于西方，哈贝马斯之举可正是"举贤不避亲"这一中华民族传统美德之光辉例证啊！

还记得其时我刚好编完了韦尔默的《后形而上学现代性》，交稿后出版社希望我提供一张作者的照片，于是我只好向韦尔默提出了这个要求。好像韦尔默还是委托他的女儿发来他的玉照的。我向远泽兄提到了这件事（大概因为我一开始并不想"惊扰"作者本人——我在编书过程中已经扰他够多了，而问过尝亲炙韦尔默的远泽兄有没有老师的音像资料），他在感叹韦尔默对我"不薄"的同时，话锋一转就谈及韦尔默的风格有点儿像罗蒂——记得他是在阳明山上说出这番话的——呵呵，这可是我此前也有所感而没有能够明确说出的，大概是"当局者迷"，"因为"我的一位学生就曾经说"应老师的风格有点儿像韦尔默！"

待我在远泽兄处盘桓两天后，培伦又从宜兰出发，来中坜载我，我们将开始南下的行程。所谓"宜兰的风新竹的雨"，我们的第一站就是清华新竹，我将在那里的哲学研究所发表一个演讲。我知道这是台湾最好的哲学系所之一，但当我的演讲受到了几乎是"体无完肤"的批评时，我还是感到有些"意外"；我几乎是有些"本能地"把目光转向似乎在"台下"陪我"受审"的培伦兄，而他那十分"镇定"的神色则恰到好处地使我心头"平静"和"淡定"了些；时任《政治与社会哲学评论》主编的张旺山教授大概也是考虑到来自大陆的"青年才俊"之"自尊心"尚需"保护"，就开腔说："你既然没有到过北京的清华，而先到了我们这所更老的清华，我们就用这些问题来招待你。"的确，清华哲学所的几乎所有同人都参加了演讲会和聚餐会，只有其时正在休假的吴瑞媛教授缺席，不过当我后来在嘉义见识了这位号称台湾哲学界第一"重炮"之"火力"后，才"暗自庆幸"自己真是"逃过一劫"！

清华的夜市也很有名，但我只是草草地逛了逛，那天晚上的重头戏是校园内的梅园——梅贻琦老校长的墓园，不过当我逛完夜市，再转完大半个校园，来到有些郁深的梅园时，时间已接近午夜，即使如此，我还是在那里给我的朋友、《世上已无蔡元培》这篇名文的作者余杭韩公水法教授发去了一则简讯，报告我的行止，法老毕竟是大学研究专家（虽然这听上去有些自相矛盾），当即回复："代我向梅校长鞠躬！"

结束在新竹的行程，培伦驱车和我继续南下：他是去嘉义参加即将在中正大学举行的德沃金思想研讨会

（据说本来德沃金本人也要参加这个会议的，后来因为日程原因未成行），而我看似"特邀嘉宾"，其实只是为了到嘉义去拜访自己仰慕已久的中文政治哲学前辈石元康教授。石先生此前刚应我之邀担任了"当代西方政治哲学读本系列"的学术顾问，并对我预先寄去的为"读本"撰写的总序表示"赞赏"。石先生在那个会议上表现得很有风采，堪称"麦霸"——在提问和讨论时我经常见到他拿着麦克风！不过腼腆如我者却一直犹豫着没有趋前问候，还是茶歇时石先生主动找到我，还带我到他的院长办公室转了转。石先生告诉我，由于他不用电脑，他的邮件都是秘书帮他处理，复信时照例是他先手写好然后秘书输入。从办公室出来，站在中正文学院回廊那高大粗朴的梁柱下，石先生一边自在地"吞云吐雾"一边为我比较起香港和台湾的生活来。套用一句再贴切不过的老话，和石先生在一起真是有"如沐春风"之感，记得会议中间一个晚上在中正门口的西餐厅用完餐，石先生招呼我坐他的车："来吧，上我的车，我送你回住处。"全部议程结束后，石先生说要请我吃饭，他还邀上谢世民、吴瑞媛贤伉俪，大家一起在一幢风味小木屋中边吃边聊，记得石先生和吴瑞媛教授还谈到他们特别着迷的大陆"大片"——古装历史剧，就是这王朝那王朝的，及至他们问起我的观感，我这次"汲取"了在远泽兄课堂上的"教训"，哼哼哈哈打起了马虎来！

对了，中正大学校内有家铺面很大的书店，其宽敞

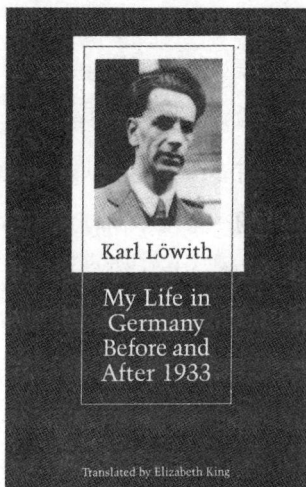

《1933 年前后我在德国的生活》
洛维茨（Illinois）

明亮和台湾经济起飞时期花大钱建设的中正校园颇为相称，我曾经在里面流连了一番，最后"花血本"要了两本书，卡尔·洛维茨的《1933 年前后我在德国的生活》（*My Life in Germany Before and After 1933*, *A Report*, trans. By Elizabeth King, University of Illinois Press, 1994）和 William E. Scheuerman 的《在规则和例外之间：法兰克福学派与法治》（*Between the Norm and the Exception: The Frankfurt School and the Rule of Law*, MIT Press, 1994）。你别说这两本书还是有某种"关联"的，不过前一本书现在已由学林出版社"引进"了一个留德台湾学者的译本。记得那天下午的阳光非常好，快近傍晚时分，石先生给我打电话要一起去餐厅了，我大大咧咧地说："您到书店门口来接我吧"，"好在"那次是世民教授开的车，他们见到我时，我还在把书往包里放，只听到石先生带着对小辈的关切和对书呆子的微讽，喃喃道："你老弟出来旅行还买书啊！"

再一次按照培伦兄的精密部署，我来嘉义还有一项

"任务"，就是要走访佛光的"姐妹"或"兄弟"学校南华大学并在那里发表一个演讲。除了尤惠贞教授，当时的南华几乎是清一色的德法哲学阵营，诸教授们对我这个缺乏形上意味的议题大概是没有多少兴趣的，不过包括当时的系主任刘沧龙教授在内的一干南华同仁对我都非常友好。在南华，我除了参观了他们作为教师"公寓"而建的颇有特色的小木屋，还照例逛了它的书店，记得就要了册陆铿的回忆录，有册水牛出版的《桑他耶那自传》当时没有要，离开后却忽然惦记起来，于是电邮给沧龙教授委托办这件事，记得最后是那位陪我去妙云兰若的林同学帮我寄到佛光的。

结束了在中正和南华的行程，按照培伦兄设定好的路线（他自己在参加完中正的会议后已经先行回宜兰了），我一人来到嘉义车站，搭火车南下台南。香港人在台湾"成功"的"典范"、成功大学的梁文韬兄在下课后急急忙忙赶到台南火车站来接我，文韬兄是我翻译的第一本书《社会正义原则》的作者戴维·米勒教授在牛津纳菲尔德学院指导的学生，有了这层"渊源"，加以梁兄随意率性的交往特质，我和他之间的相处就显得非常自在惬意，比如他在他的课堂上为我安排了一场演讲，其实那天到场的还有不少成大的老师，而文韬兄在对我的情况作了简单介绍后，把我一个人晾在讲台上，自己大摇大摆地办事去了。及至我讲演结束进入互动阶段，他才大模大样地回来，见场上提问和讨论有些"寥落"，梁兄大嘴一张就来了一句："讲演的听众没有什么问题，大抵不外两种情况，要么讲得太简单，没什么问题好提；要么讲得太难，提不出问题。我看应兄的情况属于第二种，因为我听了一小时也没有听懂他在讲什么！"

梁兄还把我带到他的研究室转了转，小小的房间堆满了书，凑巧的是我还在书架上见到了刚刚在中正校园内买到的《在规则和例外之间》。看到旁边还有本伯林的《启蒙的三个批评者：维科、哈曼和赫尔德》（*Three Critics of the Enlightenment, Vico, Hamann, Herder*, ed. By Henry Hardy, Princeton University, 2000），我取下来翻了翻，文韬兄貌似漫不经心地说："这本书送给你吧！"有趣的是，我虽然不知道他为什么要送我这本书，却竟然毫不客气就把这本书"据为己有"了！不过台南之行最难忘的还是要数梁兄陪我细览的"古都"风物以及那些精致的小吃，我感觉比台北的要好很多。让人感动的是，文韬兄还专程驱车载我南下高雄。当然一路上还是少不了他的那些妙论：例如在香港工作就是给李

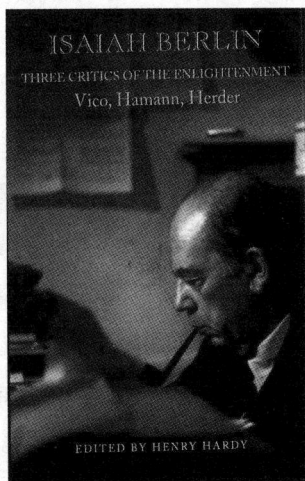

《启蒙的三个批评者》伯林
（Princeton）

嘉诚打工之类，其意大概在于为"香港人在台湾"做自我辩解；见我对他的座驾发出的巨大轰鸣声感到有些不解，他就说："开车就是要这种感觉！"台南到高雄的旅程有相当一段是紧挨着台湾海峡的，梁兄还不时下车到沙滩上陪我玩海，还问我"你喜欢大海吗？"当得到肯定的答复后，就又说："我也喜欢大海，喜欢大海的人很浪漫！"

虽然由于日程安排过于紧密，我没有能够在高雄逛逛书店，不过高雄之旅仍然颇为愉悦欢畅，其中一个原因当然在于我与接待我的"中山大学"政治所曾国祥教授有比较相近的智识背景和理论旨趣，从而较易引起共鸣。另一个原因在于，我在高雄还拜访了我在"中研院"近史所查阅《宪政思潮》季刊时"发现"的查尔斯·比尔德《共和对话录》一书的译者杨日旭教授。我以前看到过陈祖芬的一篇报告文学，里面写到杜维明教授经常在波士顿下飞机后冒着大雪直奔哈佛文理学院的课堂；在和杨老先生一起用完简朴的中餐（一起吃的面条，大概杨先生是陕西人，比较喜欢吃面）后，我就直奔我下榻的位于"中山大学"校内的西子湾宾馆，那里的客房是直通海滩的，在"纵浪大化"一个小时之后，我就带着西子湾的海风来到了演讲大厅，并做了我自诩在台期间最为成功的演讲！

披着高雄港的晚霞，曾国祥教授驾车送我到左营（我从刚得到的愁予诗集中得知他有首诗题为《左营》），我将从那里坐高铁到台北，和培伦会合，参加在淡江大学举行的一个研讨会——这次我是会议的正式代表，不但提供报告，而且主持了其中的一个单元。会议那天刚好是5月4号，于是我就以那种独特的方式纪念了自己对之似乎还是有特殊情感的这个节日。记得我在会场上还特意提了一下这个日子，当然台湾同人对此的反应是相当木然甚至有些不解的——不过我希望这并没有"冒犯"到他们。会议的组织者郑光明教授对我非常友善，在我到达的当晚还送给我一张木制的台湾电影地图，上面标出了台湾最著名的那些电影故事发生和拍摄的所在地，此举似乎印证了淡江是台湾最有文艺气息的大学——据说周杰伦就是淡江出身的，不过我只知道这张图上的一个地名，那就是九份——《恋恋风尘》的取景地，是我在佛光课堂上的一位学生带我去过的，我们在那里品尝了美味的小吃，还在烟雨迷蒙中远眺了基隆港。

《恋恋风尘》九份

淡江之行最难忘的还是要数会议结束之后培伦兄和我同游的淡水，这是他一早就"答应"过我的，而我们只有这一个晚上了，仿佛是"天从人愿"，那个夜晚细雨霏霏，培伦驾车和我直奔有一首歌中所咏唱的淡水河畔，他一路上还把当年张雨生"魂归大海"的那个"现场"指给我看，还回忆起自己刚到台大念书时，由于路况原因，从台北来回淡水要一整天，不过逛淡水是台大学生的"必修课"，因为淡水河畔是这个世界上最适合恋人的地方。的确，凄迷的烟水，长长的栈桥，远处白色的导航灯塔，还有那湛蓝幽深的大海，在在都引人绮思和遐想。最妙的是，那天因为天气，也因为时近深夜，淡水河畔并没有"熙来攘往的热闹人群"；也因为并不是节日，也并未在"跨年"，也就没有"精彩的烟火表演"。只有淡水对岸的山峦依旧，只有平缓地注入大海的那份流淌不变，只有海天深处那"未知力量的牵引"仍在。此时此刻，我不会矫情到要说"人比烟花寂寞"，不过确定无疑的，一定是没有比今晚更好的告别之夜了。

访书编书

　　记得台湾之行前夕,我正掀起第一轮编书高潮,其时至少有"当代实践哲学译丛"和"当代西方政治哲学读本"已经启动并出书,《共和的黄昏》也早就交稿了,我本来还打算把这个文集带去佛光作为我的课程的参考读物,可惜行前我还没有拿到书。在这样"利好"的氛围中,我大概不能说自己从来就没有设想过在台湾把编书的"事业"继续进行下去。不过我当时只有一个"选题":我想"动员"萧高彦教授把他散见于各处的论文编成一个集子,这当然和我那时对于共和主义"如痴如醉"的热情有关。不过等我在南港见到萧教授,他告诉我联经出版公司早就向他约过这个集子,而他现在并不急着出一本书时,我就打消了这个念头。只有一点还记忆犹新,他表示如果在大陆出版这个集子,恐怕会要做些文字上的改动,而他似乎并不情愿进行这样的改动,虽然如果他打算在联经出书,他一定会对已经发表的文字做些修正。

　　我之所以有南港之行,是因为经过培伦兄居间联系,时任"中研院"人文社科中心政治思想组执行长的蔡英文教授约请我去做个演讲。我必须说,南港之夜很难忘,我至今还记得演讲前一晚我一人住在"中研院"招待所里准备演讲提纲时那份有些兴奋、同时也混杂着紧张和焦虑的心情。不过，当第二天面对政治思想组几乎所有的同人时，我还是为自己找到了一句"顺路下坡"的话："至少就某些分枝而言，贵组可谓华文政治思想研究之殿堂，既然是殿堂，我在这里演讲的意义，大概也是形式的大于实质的。"也许因为多多少少算是同行，政治思想组的同人们都非常 Nice，不过在后来的"互动"环节以及非正式的聊天中，我感到这些研究政治思想的同人们对大陆"政治"的兴趣显然要比对大陆"思想"的兴趣大得多，记得陈宜中博士还以他糅合了李敖的"愤世嫉俗"和周星驰的"无厘头"风格"调侃"我对共和主义发展趋势的兴趣似乎远远超过了对于大陆政治发展趋势的兴趣！

如果说我在"中研院"的演讲是形式"意义"大于实质意义，那么我接下来在南港进行的访书活动却要有实质意义得多，其中一个主要的"实质意义"就在于，正是在"中研院"，在"人社中心"、"近史所"和胡适纪念馆之间的穿行时所滋生出的那些有点儿散漫但仍然不失为凝聚的思绪中，在南港那浓郁得烂漫的春意中，在"万山不许一溪奔"的感喟中，在"堂堂溪水出前村"的冀盼中，更重要的，在作为吾人工作"动力之源"的"情愿不自由，也是自由了"（牟宗三先生在《说怀乡》一文中有云："我们这一代在观念中受苦，让他们下一代在具体中过生活。"）中，我把漫无目的的访书活动"成功地"转换成了有的放矢的编书活动，而正是这些书构成了我和训练君主持的"公共哲学和政治思想系列"（当初拟定的名称是"丛刊"，但出版社觉得不好理解，容易给人造成误解：这到底是一本书还是几本书！）之"基石"。

事隔多年，加以当时编书的经过我都已经在各书的后记中做了"生动"的交代，这里就只还想提及两点，一是在为这套书做最后准备时，我正在普林斯顿大学访问，因此许多具体的编务都是由训练君还有我的学生杨立峰君代我完成的，我只是为各书写了编后记，还在普大工学院的图书馆 FRIEND CENTRE 为丛书撰写了《从西化到化西》那篇"著名"序言。这中间还有个插曲是，我在序言中曾提及从德国莱比锡大学以牟宗三研究的论文获得博士学位的雷奥福（Olf Lehmann）的一句话，那是因为我此前刚好在普大东亚系收藏的《中国文哲研究通讯》（此系"中研院"中国文哲研究所主办）上看到了那篇近千页论文的相关报道，而那篇序言的体例不允许我作出这么详细的说明。二是培伦兄那本已有佛光人文社科院出版印行的《自由主义与多元文化论》虽经预告多次，却由于某种原因一直不能在大陆出版，这是我最引以为憾的事情。不过我也感到比较遗憾的是，这些书出版以后，虽然也偶然有朋友向我提及它们，也见到过一些引用，但总的来说似乎影响并不大。我想，这在某种程度上当然要"归咎于"中国大陆智识生态中那种

"一半是海水一半是火焰"的乖张氛围，不过去年3月我在清华伯林会议上遇到的一位青年才俊的一席话却仍然让我在"冰冻三尺"之后看到了"一阳来复"之机，这位年轻朋友在"恭维"完我的"敏锐"嗅觉和极高的编书"效率"之后，话锋一转就谈到了列入那个丛书中的《厚薄之间的政治概念》一书，他说："在某种程度上，这些论文既为我们树立了'标杆'，也有助于我们建立信心，那就是同样用中文写作，也可以写出优秀的政治哲学论文！"

2007年5月上旬的一天，我接到出身哈佛东亚系的台湾政治大学哲学系詹康教授的邮件，邀请我到该系演讲，我当即与培伦商量，其实他此前也曾帮我联系过往访政大的事，得到这个消息，培伦兄似乎"如释重负"地说："去吧，去了政大，台湾最重要的几个大学你老兄就都到过了。"不过我之接受詹康兄的邀请，却还是有一个小"盘算"的：我还想在离开台湾之前去逛一次诚品的夜市，因为我已经听说诚品的信义店（敦南店？）是24小时营业的，但却一直没有去过。记得我是在演讲前一天到的台北，那天好像也还是培伦送我过去的。一起晚饭后，培伦就要回宜兰了，在台大门口分手后，我都没有上詹康兄在罗斯福路上为我预定的宾馆，就直接坐捷运来到了诚品的不夜店，这是第一次来这家店，照例我又是把架子上的书掀了个底朝天。不知不觉已经过了午夜，我仍然兴致不减，看了外文看中文，看了西学看国学。现在想想，与其说我是找书，还不如说我就是在感受那种氛围，而且认真说来，在我们生活和生命中的某些时刻，我们所要的不就只是那种单纯延宕着的感觉吗？时间已经是凌晨两三点钟，我已经在这家店里待了六七个小时，其实已经相当疲累了，于是目光也开始"游弋"起来——其实一直不都是在"游弋"着的么，我有些惊讶地注意到这个时分还是不断有读者进来，当然这时进来的就多不是像我这样"形只影单""形影相吊"的"孤魂野鬼"，而是"成双成对"甚至"勾肩搭背"的"红男绿女"，也当然他（她）们都是非常斯文的，窃窃私语（其实应当说是娇声软语吧）的，除了像我这样已经"心猿意马"的过客，我相信都没有人会注意到他们的存在，虽然其实更确切的说法应当是他们当中没有人会注意到我的存在。时钟已经接近四五点了：明天（是今天）早上我还要在詹康兄的主持下在台湾人文法政研究的重镇政治大学演讲，不夜店真的快要迎来"不夜"了，我毕竟还是有点儿"职业精神"的么，最终我就是这样带着这种既在场又不在场的飘忽和漂浮感（双脚已经不但沉重而且酸痛了），离开了诚品信义店（敦南店？），而这时捷运估摸着应当已经停止运行了，于是我在台北第一次也是最后一次叫了出租，出租载着我在微凉的夜雾中向台大门口的那家宾馆疾驶而去，台北的清晨也还是很静谧，行人稀少，街道空旷，而在这晨雾若开未开之际，我耳畔想起的不是在台期间一直伴随我的台语歌，而是歌者蔡琴的《最后一夜》：

踩不完恼人舞步

喝不尽醉人醇酒

凉夜有谁为我留

耳边语轻柔

走不完红男绿女

看不尽人海沉浮

往事有谁为我数

空对华灯愁

……

我也曾心碎于黯然离别

哭倒在露湿台阶

红灯将灭酒也醒

此刻该向它告别

曲终人散回头一瞥

最后一夜

……

本节写毕于 2012 年 3 月 13 日

全稿完成于 2012 年 3 月 20 日

时距我启程访台已整五年矣

"这样的人才是真正的理想主义者"

——香江一夜书情

不算那唯一的一次"过境"，此前只在四年前来过一次香港，还是出于公务，是在沙田中文大学的半山腰上开会，业内"俊彦"云集，于是为了在同胞目前"展示"大陆学人之"职业精神"，除了在茶歇时与若干"俊彦""云集"到钢筋水泥外面见不得人的角落里吞云吐雾，愣是三天都没有逃会下山，更不要说到"东方之珠"的闹市里去逛逛抑或去吹吹当年唐君毅先生在维港"海天寥廓立多时"时吹过的海风了。

时光流转，这次暑中赴港倒是纯粹的私务，但却又是"集体行动"，料想"纪律性"乃是一丝都不比公务松弛的，于是虽然出门前夜还在网上搜了搜香江的书店，也浏览了若干在港淘书的帖子，但除了平添些怀想，空有些神往，却是本来就对于访书的行程不抱多少期望的。

话说那晚忙里偷闲，从湾仔坐港岛线一站，到铜锣湾站出来，就是那令人目眩神迷的崇光百货，一眼望去，侧耳听去，那些打折的名品店前大概照例还是大陆客居多，想找人询问下事先做过功课的乐文书店之准确位置，却被告知在车站另一出口的时代广场有一家 PAGE ONE。"答非所问"莫过于此了，不过考虑到后者在"普通读者"中的名头，这约莫也是可以理解的。茫然间升至一楼踏上地面，"重见天日"，正不知何去何从，一抬头却见"铜锣湾书店"三个大字，思忖其时都已是九、十点钟了——得，也别迈开步子四处逛了，好歹就是它了吧。

急忙从逼仄的楼梯上到二楼，推门而未入，就先感受到了宜人的冷气；所有的繁华喧嚣都抛在身后了，双目余光所及，此店格局虽小，却是一雅洁的所在；"躲进二楼成一统"——人说香港的书店没有在一楼的，甚至就有径直称作"二楼书店"的——这才是我欲归趋的所在呀！

还没来得及先大致浏览"通观"下，正对门书架上一册《悲歌一曲："文革"十年日记》赫然映入眼帘——诸君莫要误会，在"抖私"和"窥私"成为时尚的时代，在下定然属于隐隐然超拔于流俗之列——其实即刻吸引住我眼球的是书名底下"孙月才"三个大字，呵呵，这可是我20余年前在淮海中路622弄7号求学时的老师啊，而且是我的整个求学生涯中少数几位在例行的课业之外依然还有精神上的联系和牵念（attachment？）的老师之一。我至今还记得当年在孙老师课上交的作业是一篇题为"伽达默尔的游戏概念"的"游戏文字"，孙老师以他对我的一贯"赏识"夸赞此文颇有洞见——孙老师对我的"赏识"确是"一贯"的，记得数年前在一次会议上碰到孙公子向晨，见我周围颇不乏"请益者"（说是粉丝似乎又夸张了些），他有些"悻悻然"地对我说，老爷子时常叮嘱他在政治哲学（的用功专精程度）方面要多多向我学习！20年前我刚到杭大念书那段时间，是和孙老师通信比较频繁的时候，记得他还帮我在社科院的杂志上发表过两篇文章。那时候向晨大概还没有女朋友，或者有了而没有及时向孙老师报告，于是有一次孙老师还给我寄来了他爷俩在北大门口的一张合影，说是让我在杭州帮忙物色下有没有合适的萧山姑娘！那时的向晨还确有几分孙老师年轻时的俊逸神采，而孙老师的风采我是1990年春夏之交在上海社科院哲学所参加研究生复试时初步领略到的，不过我并没有见过他年轻时的照片，而眼前的这本书至少在这方面可以大大地弥补我一直以来的"遗憾"了——从照片上看，孙老师年轻时颇为桀骜，甚至有些孤峭。至于孙老师精神上的风采，我觉得刻画得最精彩和贴切的还是要数俞宣孟师20年前的一番话了。是在当年社科院食堂和主楼连接的那个转角处吧，望着孙老师昂首远去的背影，宣孟师掷地有声地告诫我说："年轻人不要听信外面那些瞎三话四，这样的人才是真正的理想主义者！"

孙老师的日记是由香港中文大学出版社付梓行世的，中文大学出版社这些年在当代中国史的出版物方面颇为用力，也已经有些可观的作品，形成了某种特色。除了高华先生的《红太阳是如何升起的》，我此前比较有印象的还是要数那本题为《在如来佛掌中》的张东荪传。且让我想想是何时得知张东荪其人的——记得我大学时的中国哲学老师，也是我毕业论文的指导老师李景林先生早年有过篇关于张东荪多元认识论的习作，有天晚上我在他位于吉大八舍旁的青年教师公寓中和他聊天，他忽然冒出一句："张东荪在哲学上还是有两下子的，不过那两下子主要也还是来自于康德！"我的老师范明生先生在20年前为我们上课时也会提到他所听闻的张东荪："张东荪在哲学课上就讲政治，不讲哲学。"不过真正让我开始从"哲学的"而非"政治的"角度留意张东荪的著述，却是因为俞宣孟师对他的推扬："东荪先生是真正开始从中西语言差异探讨中西哲学差异的第一人"。这个工作主要见于他的《知识与文化》，我曾从哲学所的资料室借阅过这本书。那时市面上还根本没有张东荪的任何选集，更不要说重刊的单行著作了。巧合的是后来在社科院清仓处理书籍时，我竟然一股脑儿得到了他初版于抗战前后的另外两本书：《思想与社会》和《理性与民主》。当我开始从"政治的"角度关注张东荪后，自然也阅读过一些相关的材料以及大陆学者撰写的张传，不过却觉得都有些"不痛不痒"，于是当我在那次中大会议之后不久从网上得知"如来佛"一书的信息时，某种一直挥之不去的情结竟让我一时颇想得到这本书，但我在香港无亲无故，也不会跨洋网购那一套，想来想去，或许还是因为"余温犹在"，我就写信给那次会议的主人周保松君，托请他为我代购这本书，保松当晚就回复邮件说，他已经买了这本书，但因为估计最近不会去书店，就先把他那本寄给我看！

中大出版的读物中，最近的重头作品无疑是傅高义教授的《邓小平时代》，如果说我此次来港就只想买一本书，那一定就是它了。原因无他，我大概是想用这种方式"重访"不少人想要重访的80年代吧。不过我这次可谓是有备而来，盖因我事先已经读过网上流传的此书译者冯克利先生的推介文章。克利先生在他的文章中半幽默半写实地说当初接受这项译事主要是因为对方开出的稿酬还不错。说到这里我想起了去年5、6月间参加本校一次关于苏格兰启蒙运动的会议时，我在启真湖边问起自己一向敬仰的冯教授最近翻译的一本书，他慢条斯理地答："译了本邓小平传。"我又问："谁写的？"他看似漫不经心地说："一个美国老头儿。"

当然我也并不总是这样打有准备之仗的，而这主要是因为虽然我还是会时不时地逛逛网，但消息委实不甚灵通，而且毕竟已有四年没出过境了，例如眼前的这本同样由中大出版的《夜来临：吴国桢见证的国共争斗》，其实2009年就出版了，我见到的已是2011年的第三次印刷本。而我之所以对此书如此"敏感"，还是要拜十多年前买过的两本书之所赐：《从上海市长到"台湾省主席"（1946—1953）——吴国桢口述回忆》和《中国的传统》。记得吴氏在前一本书中检讨"国民党怎样失去大陆"时，说过一句"隽语"，我还在某次课上向学生引述过这句话，不过我现在已经记不得它的内容了；《中国的传统》是吴氏结束政治生涯在美重拾旧业后的作品，当时买到时印象很深，还记得一直是放在我旧居临窗书桌旁的那个书架上的，不过我并没有仔细读过那本书，现在更是一时无从找出了。从某种程度上，《夜来临》要比前两本书"有趣"些——我由此想到大陆版的《口述回忆》应该也是经过某种"处理"的。吴氏在他这部1955年定稿的自传中回忆到他在清华学校的同学罗隆基时，就在"山雨欲来风满楼"前以一种"一语成谶"的无比"准确性""预言"道："也许可怕的命运正等待着他！"

《家事、国事、天下事：许倬云八十回顾》也是中文大学的出版品，不过却并非它"原创"，原书作为台湾"中央研究院"近代史所的口述史项目此前已在南港出版了。许倬云先生还特意为港版作序，阐述《回顾》的三大部分内容同时也是作此口述的三大缘由。如作者自承此书内容确实"相当的庞杂"，不过在吾辈后学者读来却是如嚼橄榄，津津有味。许先生襟抱之诚、识见之明以及历事之丰，在当代学人中即使不谓不作第二人想，也一定是极为凤毛麟角的。记得我数年前读到许先生在某次访谈中谓寅恪先生"写柳如是，是讲一个无可奈何接受了革命的人，留下来没有走，后来是很懊悔的。但是当时为什么不走呢？世家子弟吃不起苦，逃了一次难已经苦死了，不想再逃第二次难"时，就曾感叹许先生之"老辣"，现在有了这个最权威的自述，就更可以从从容容地品味这份"老辣"了——特别是如果考虑到此书出简体字版就一定会遭遇到的"命运"，我就更应该暗自庆幸自己在铜锣湾之夜的这番"遭遇"了。

说到这里，我自然就想起了数年前的一则往事。大概是 2007 年 10 月底，一位著名的异议人士在北京去世，当时我正在普林斯顿，一天从一张纽约的华文报纸上看到另一位异议人士的悼念文章，里面讲了这样一个故事：在帮助前者赴美的筹划中，后者曾经找到许倬云先生请他帮忙，许先生回说："我推荐到邀请，并非难事……（然）长年累月，如何找到一年又一年的财务支持？为此，我也不能有着力之处。某某先生高风亮节，我至为钦佩，只是我不能作为德不卒之事，使他来美后进退两难，直言相告，请能原谅。"这位为朋友奔走的先生在文中感叹是许先生这封信让他懂得了"为德不卒"一词的含义。我看了此文也很有感慨，就把这个"段子"发给了国内的两位朋友，记得（汪）丁丁回复说："应奇，这段文字真好，我保存了"。

　　《回顾》中所谈让我有所联想处更是所在多有，姑举两例：一是许先生谈到当年应耶鲁大学之邀撰写《西周文明史》一书，"那时张光直答应 Mr. Price 编一套中国古代文明系列丛书，这本书是其中的一本，他自己写殷商时代，将西周交给我写。我说：'我一向研究东周，你干嘛不找我写东周呢？'他说李学勤要去了。我又说：'那为什么不给我秦汉呢？'他又说王仲殊要去了，所以把没人要的西周部分交给我。"我看到这里，不禁想起自己手里李学勤先生那部《东周与秦代文明》是大学时节在吉大理化楼前面校门口的那家书店买到的，那时候我对于上古先秦的历史抱着朴素的兴趣，嘴里冷不丁还会念叨陈梦家、苏秉琦的名字，更不要说本校历史系的于省吾和金景芳这两位鲁殿灵光式的人物了。在回顾《西周文明史》之撰作时，许先生还说："我写《西周史》等于是结合了傅（斯年）先生和钱宾四先生两个原本对抗的系统。钱先生的文章里头有若干不错的观念，他认为周人是移动的，而傅先生讲夷夏东西对抗，我的《西周史》等于是将他们两位大家的卓识，用考古学拼合在一起"；他又说："有人认为这一套四部书里面，这是唯一一部历史书，另外三部都是考古的摘要，没有具体的叙述，都只是在讲这里发现什么，那里发现什么。"

另一例是在谈到台湾的"院士制度"时讲的一席话："钱穆很晚才选上院士，也不是东南被排挤的问题，是意识形态的问题。没人反对钱先生的民族主义，主要是反对他喜欢拿西洋跟中国做比较，他一比较，李济老他们就觉得欠妥，认为钱先生知识层面不够。"看到这个"知识层面不够"，我先是笑了出来，笑完后就记起了牟宗三先生好像是在《中国哲学十九讲》里面曾经反唇相讥"中研院"系统的衮衮诸公（我忘记牟先生有没有提李济先生的名字）"一辈子就只知道锄头上那点学问"。

我相信"知识层面不够"的说辞和"就知道锄头上那点学问"的措辞都未免有些意气，而这里碰触到的问题倒确实是一个真实的而且至今其迫切程度愈甚的问题。前一例中涉及的是历史学内部的分工问题，从方法上说也可以说是分析和综合的关系问题。后一例中涉及的问题更为根本和深远，用比较拗口的哲学上的说法，这是自新康德主义以来就一直争辩不休的精神科学的地位和自主性的问题；用一般人熟知的语汇，也可以说是怎样对待科学乃至科学主义的问题；而我在这里要卑之无甚高论地强调的乃是这个论辩对于古今中西之争问题的效能和影响。"古今""中西"这个"排序"并不是偶然的，因为在这个问题的展开过程中确实经历了从以"古今"了解"中西"到以"中西"论"中西"的变化。在前一种论者看来，"中西"问题就是"古今"问题，他们眼中有"古今"而无"中西"，即是说，"中西"问题并不是一个独立的（freestanding）问题，而是可以归结（"化约"）为"古今"问题；在后一种论者看来，要跳出以西方为圭臬的西化论，就只能以"中西"论"中西"，简单地说，就是中是中，西是西。说到这里，我想起也是在那次启蒙会议上高全喜教授的一番妙论，在谈到普遍主义与特殊主义之争时，全喜兄忽然喃喃自语：有一种特殊主义的主张是蛮奇特的，按说你生下来就是特殊的，你该要求成为普遍的才对；你本身就是特殊的，你现在又声称要成为特殊的，这在逻辑上不是很奇怪吗？闻听如此高论，一大桌子上都发出了善意的笑声。只有我没有笑，因为我清楚地记得全喜兄是做黑格尔出身的！不消说，以"中西"论"中西"者如果不说是反科学，至少也是反科学主义的，极而言之，就是反现代

（性）的。这样就出现了一种吊诡的现象：无论在亲科学甚至唯科学是从的实证主义者（许倬云先生明确认为李济是实证主义者）看来，还是在反现代这一点上与实证主义者大异其趣的最新一代的以"中西"论"中西"者笔下，"喜欢拿西洋跟中国做比较"大概都会是"知识层面不够"。不过我们在这里颇可以追问一句的是他们说的是哪个"知识层面"。也让我们设想下他们可能的回答：前者大概会说知识就是知识，"知识层面"就是"知识层面"，并没有哪种知识，哪个"知识层面"的问题；而后者则更有可能"左右开弓"，他们会说比较论者无论在"中"还是"西"上，都有不足——就是说，一方面是昧于"中国国情"，另一方面则是没有进入"西方复杂性"，合而观之就是"把中国当病人，拿西方做药方。"在这样的语境中，作为一个广义自由主义者的许先生的这另一番"将错就错"，就似乎是更值得我们记取的——"但是解释总有搞错的，譬如拿西方的民主自由和希腊挂钩，这就是搞错了，高抬了希腊古史本身的意义。但是将错就错，也无妨。至于中国，在五四时期从西方搬过来一大套东西的背后是什么，我们从来没有认真做深入、系统的检讨！我们只是以口号式的方法接过来，胡适也难免此病，毛泽东他们把马克思转过来也是一样。所以我们最近一百年来的转化是口号式的转化，非常粗糙。到今天仍然如此，每个留学生都带着他们老师那一套东西过来，没想到老师那一套东西后面大的辩论"。

大概热衷于访书的人都会有这样的体会和经验：有时会因为装帧、价格等"外在"因素而"衍生"出算是比较随机的购买行为。眼前的一个例子是邹谠教授的《二十世纪中国政治》，此书1994年初版，2000年再印过一次，我以前见过却没有要，这次"重逢"的是牛津大学出版社今年刚推出的重印本，黑色精装，看上去厚实凝重了许多，封面右上角和书脊上各有一颗绛红色的五星，也似乎别有寓意，而若是按照时下的汇率，价格更是不能算高，敢问此时不收，更待何时？不过在此还是让我再次"意识流"一下，在我的购书经验中，与此有点类似但却有过之而无不及的最近的一个例子是去年暑假的某个夜晚，我在杭州枫林晚书店见到三联书店刚出的余英时先生《朱熹的历史世界》精装版，虽然简体字版一出来我就收了，掂量之下还是忍不住再要了本精装的，其实那个精装的设计和成色与香港牛津的比起来实在是差得太远了。

　　呵呵，既说到余先生，我又想起了今年初在网上看到的他为香港天地图书公司拟重出的《双照楼诗词稿》撰写的序言，当时一气读完，还曾发给我的一位余迷朋友分享。这不，这部书现在正在这家小书店一个不起眼的角落里等着我，其实《小休集》和《扫叶集》貌似网上都能下载到，不过虽然我对于旧体诗完全没有素养，却还是觉得这类书毕竟宜于一卷在手，从容细慢品读，而不适合在电子阅读器里快速浏览的。

对了，虽然多年前在台北 101 大厦里留下的印象不甚佳，在离开港岛转赴大屿岛前夜，我还是去时代广场的那家 PAGE ONE 转了转。可能因为"分工"不同，也因为地域有异，这家店里只有可怜的两小架子西文哲学书，且多为通俗读物。不过香港牛津版的中文作家散文集子倒是不少，这也可以算是它近年的一个出版特色了，除了结集不久的陈之藩先生的三卷集以及几种单行本，还有就要数已经风靡华文世界几十年，但作者写得和出版社出得都仍然要比读者买得快得多的董桥了（如实招来，我"最近"买的两本董桥分别是《今朝风日好》和《墨影呈祥》）。也是在那家店，我见到了估计是北岛最新的散文集《古老的敌意》，顺手拿起来翻了翻，见里面有一篇《在香港诗意地栖居》，虽然未曾像前面那样笑场，但我毕竟还是没有能够站读完这篇华章，因为其时我想到的是，要说香港牛津的出版物中真正能够给人以"诗意"感受的，应该莫过于刚用墨绿精装推出的《旧笺》了，此书原拟名《六十年代书简详注》，这批书简是在那个风起云涌的"理想主义"年代，当时在位于港岛的中文大学联合书院就读的一位名叫海媞的女学生写给她的"梦中情人"、在新界新亚书院就读的一位名叫黄子的男生的。他们的"恋情"终止在那一切的开始之开始，甚至都未来得及"开始"——海媞于二十五岁的华年香消玉殒，而黄子"事先"一直没有让这段恋情明了，甚至有点儿让它成了"单相思"，"事后"则远赴海外，并自此杳无音信。这个集子是当年为他们隔海传书的黄子的同班同学邓文博整理笺注的。篇幅甚小的文字和精挑细选的照片中却有关于香港之"前世今生"的不俗信息量（笺注者谓之"香港小历史的感性记录"），很适合为我"扫盲"，不过信笺中给我印象最深的却是海媞的这样几行文字："一边是孤寂的太平，一边是热闹的盛世，不知足的年轻人，想兼而得之，恍惚这是'过客'的'特权'。"我诚然已经不再年轻了，但在这还是让我无端生出"朝来别有空濛意""海天残梦渺难寻"之叹的香江，我又一定是一位"过客"，只是我不知道自己这番"一夜书情"是不是在滥用"过客"的特权。不过在弄清楚这一点之前，还是让我先"滥用"下"理想主义"这个词，且做一件更具"诗意"或最少"诗意"的事：我要给失联多年的孙月才老师写封信，看看他是不是依然"理想主义地"给我留了一部《悲歌一曲》？！

2012 年 8 月 21 日，杭州

Take Your Time

张国清

学院生活总是单调乏味的，但也有例外，Y 的学院生活就算一例。

Y 是我的同门，年纪比我小，已近不惑，但脸上仍老是挂着少年般天真无忌的微笑。"老 Y"是 Y 太太 Z 给他的爱称，但在我耳里，听起来好像是"老鹰"。我却从来不用那么叫的，而喜欢直呼其名。

一个月半前，正在普林斯顿做访问的 Y 不断给我发电子邮件，叫着嘟囔着，说要到波士顿玩几天，问我是否有地方容他小住，理由是他听说哈佛校园红叶那个美啊，他怕错过了看红叶的机会。我不知是计，满口答应，说你只要来波士顿，我总能帮助解决住的地方，别的地方不去找了，就住我公寓客厅，凑合一下吧。

后来，Y 确定了出行计划，说先到纽约，再到波士顿，他给我电子邮件，说会在 11 月 1 日或 2 日下午两点到波士顿。由于他没有告诉我究竟哪一天到，我只好在先在 1 日便开始等他，因为他说可能会在 1 日或 2 日下午两点左右到波士顿，结果，那天我早早地到了波士顿南站地铁附近等他，但他那天并没有来。给他打电话，也一直不通。我只好失望而归。我还担心他迷路找不到住处。但后来一想，一个大教授至于被人骗了拐了。就随他去了，其实那天Y仍然待在纽约，并没有来，而他也没有给我任何音讯。

第二天，从下午两点开始，我便继续到南站附近，结果，一直没有他的音讯，只好失望而归。到了晚上八点半，疲惫的我才在家里接到他打来的电话，说已经到波士顿，正在从波士顿到哈佛的路上。约过了半个小时，他又给我打电话，说已到哈佛广场，我告诉他附近有86路巴士，他只要坐那路巴士，应能找到我的家。

一般情况下，从哈佛广场校门门口到我家里，走路大概是25分钟，坐巴士大约7到8分钟，但是，一个多小时过去了，Y并没有在我家门口出现。

到了快十点半时，Y终于给我打来电话，说他迷路了，不知道自己现在哪里。我接到电话，便要他确定方位，他说在一个广场附近。我便问我的室友，那个广场的具体方位，然后，再打电话给Y教授，要他在那里好好待着，我骑自行车去接他。

其实，Y下车后迷路的地方离开我住的地方并不远，我大概骑了不到五分钟，就远远看到一个影子在昏暗灯光下晃动。

Y正一个人在那里木然地等待着。

我叫了一声，他应着，然后大笑，接着开始大声抱怨，说巴士司机对他不公，歧视他，到了Perry站也没有跟他说一声，使他坐过了好多站。

我便对他说，巴士座位临车窗边上有一条线，如果你到站了，要按一下，司机才知道你要到站了，否则司机以为你还没有到或他自己改变主意，不想下了呢，所以，这怪不得司机。

这样，两人说着笑着，一路慢慢走来，到家已快十一点了。

到家后，我随便弄了点吃的，两人继续闲聊，直到半夜两点，休息无话。

次日醒来时，已快中午十一点了，匆匆吃了点早饭后，Y教授便急不可耐地说，这次来不想看波士顿秋色，也不想看哈佛红叶。他说他想等他与小Z来美国后两人一起再来浪漫一回。我感觉有点不对头，就问他，那你来这里做什么，他说只想到附近书店转一转。

我知道自己开始上当了，只好答应他到附近书店转一转。我跟他说，哈佛附近有好几家人文社会科学旧书店，它们大多在哈佛广场附近。其中，有两家最有名，一家是专门经营名家签名旧书的书店，比如像罗尔斯、奎因等著名哲学家的签名著作，在那里都有出售，但价格很贵，一本签名旧书要250到300美元。

我和他一路上一边聊，一边说着名人的经济价值。我说，也许罗尔斯自己不知道，他去世后，放在他私人图书馆的那些签名藏书会有如此高的价格，一下子翻了10到20倍。但在美国，书商们很懂得如何开发名人的经济价值。一个签名就值许多美元。到了那家名人签名旧书店，Y 果然看到了他心中最为仰慕的一些哲学家的签名，他为此感到激动不已，因为这是他第一次清楚看到这些大家在书里行间留下的个人踪迹。像罗尔斯在他的个人藏书里留下了许多批注，Y 特别找出一本向我显示，罗尔斯用铅笔书写的对那本书中一个脚注的订正。

到了这家书店后，Y 两眼发光，露出了本相，他好像完全换了一个人，不再是整天打哈哈的雅皮，而成了想用真枪实弹干上一仗的战士。

Y 完全忘记了时间，竟然坐到地上，开始进行"疯狂的扫荡"。他要一格一格地把书店书架上的每一本书都进行认真研究，恨不得"挖地三尺"，把这个书店隐藏的所有秘密全部翻出来。

因为出来时吃得并不多，到了快下午一点钟时，我感到肚子已经很饿了，便提示是否应当到外面吃点东西。Y 嘴巴应着，身子却不见挪动。我后来催了几次，但他依然如故，只好再陪着他，后来实在坚持不住了，他也劝我先回去，他要在这里做慢慢欣赏。我走时，看到他身边已经堆了一堆书，看来收获已不小。

看他仍然不满足的样子，我便对他说，"你先在这里看吧，我先回去，别忘了，今天晚上六点半的晚餐。"我在波士顿一位华人朋友知道他要来，便想请他吃晚饭。

出了书店，我匆忙回到家里，随便弄点吃的，上床休息无话。

一觉醒来，发现已经是下午五点。Y并没有回来。我开始给他打电话，但他手机处于关机状态。

到了六点，Y仍然没有来。我只好给朋友打电话，很抱歉地说，Y恐怕临时有事，不能到他家赴宴了。到了六点一刻，Y仍然没有消息，我想他肯定来不了啦，只好一个人到朋友家赴宴。

到了朋友家，主人问起Y的事，我就实话告诉他，他大概仍然在书店转悠，因为我知道他的个性，就像女孩子爱逛时装店一样，书店是Y的时装店，一进去就不愿出来了。

由于哈佛广场周围的书店很多，我不能确定他会待在哪一家书店，便只好由他去了。朋友家的晚餐很丰盛，除了我以外，还来了另一位客人。因为我平时在朋友家搭火，每天吃一顿晚饭，朋友家里有菲佣，算是体面的中产人家。

吃饭时，我仍惦记着Y教授。女主人也一直催我不时给Y打电话，但杳无音讯，我只好歉意地说，Y教授大概掉到一家哈佛书店里，不过不用担心，他只是错过了这顿丰盛的晚餐，他自己会回来的。

吃过饭，我便早早地向朋友告辞，回家等Y的消息。

到了晚上九点半，Y终于给我打来电话，说自己仍然在那家藏着罗尔斯家书的旧书店。他告诉我说，自己正在付账，却发现身上带的信用卡不能用，现在身边没有现钱，问我能否借一些给他，我说那就等明天吧。你先把那些书放在书店里，明天再去处理。

十点半，Y 终于到了门口。到家后，我便问，你怎么那么晚了也不回来，难道书店经理没有意见？

他说，到八点钟时（书店关门时间），书店里最后只剩下三个人，他和两个书店管理员。他们对他很客气，叫他"Take your time"，既然他们如此客气，他也就真的慢慢来了，到了九点钟，他发现那两个管理员在书店里焦急地来回走着，像两只热锅上的蚂蚁，而他当作没看见。因为他们叫他"Take your time"，而他有的是时间。

听了他的解释，我失声叫道，"好你个老鹰，你不能这样折磨别人啊。"他说，那 Take your time 是什么意思啊。

我说：那还用问吗，当然是"劳驾你快一点"啊。

致谢

感谢浙江大学——这是我迄今唯一效力过并继续效力着的一所大学——"新星计划"的支持，这个支持使得在某种程度上早已"功成名就"的我能够顶着于我而言显然有"回光返照"之嫌的"新星"的"光环"完成在普林斯顿的访问，虽然我在这次访问中取得的"成果"完全不能达到这个计划所宣称的对其受益人的"预期"。

感谢国家社科基金"青年项目"的支持，有了这个"项目"，早已不是"青年"的我才能顺利申请到"新星计划"，虽然由于各种因素，主要是我的"不思进取"，我在一再延期、时隔多年后仍然令人汗颜地没有完成这个项目。

感谢促成我的访问以及在我于普林斯顿逗留期间给我各种帮助的各位师长和朋友，你们的关爱、友情和善意是我"战胜"漫漫长夜，而最终并没有"倒下"在新英格兰的寒冬——虽然那个冬天并不太冷——的动力和保障。如果我预设了我的这种"另类"写作的任何特定的读者，那么位于我心目中最前列的一定就是你们。

我在其他场合曾经以这样的方式为自己——特别是近年来——的"放纵颓靡"甚至"自我沉溺"（一个比较严重的和"负责任"的说法就是"不负责任"）做"开

脱"：任何计划、基金都应当像它们所支持的科研活动一样承担风险；在某种类似的程度上，我们甚至可以说，情感、友谊甚至亲情也是有风险的，虽然这丝毫不意味着我在这里表达的感谢之情是不真诚的——这是"说谎者悖论"的一个最新的例子吗？我当然认为并不是，但这也同样是一件"仁者见仁智者见智"的事，难道不是吗？

最后，如果这种"说谎者悖论"至少有一个例外，那就是我对自己的家人所要表达的谢意——我离开她们出国访问时，正是她们生命和生活中最艰难也最有意义的时刻和阶段，而我"回馈"和"报偿"她们的方式竟仍然是——用叶闯教授在他一本书的后记中的话——"完全按照自己不那么'一流的'方式做人、做学问"。说到这里，就连我自己也已经不能确定自己这番话到底是不是"说谎者悖论"的一个例外，但它一定——至少在相当的盖然程度上——是我已经说过的"亲情也有风险"的一个例证。

2012 年 1 月 20 日于诸暨旅次